魔法科高中的劣等生 24

The irregular at magic high school

逃離篇〈上〉

佐島 勤
Tsutomu Sato
illustration／石田可奈
Kana Ishida
illustrator assistant／ジミー・ストーン、末永康子

KEYWORDS

「誓約」

用來封鎖達也的「質量爆散」，系統外的精神干涉系魔法。
使用者是四葉分家，津久葉家的當家——津久葉冬歌。
因此，達也不只是最強的武器被封鎖，魔法力也被限制為一半左右。
該魔法原本是用來禁止某些特定的主動意志，限制魔法力是其次的效果。
此外，該魔法的特別之處在於維持術式的魔法力是來自受術者，或是和受術者配對的第三者。如果限制意志的時限是半永久性，魔法力就是來自受術者本人。若是某些時候需要暫時解除限制，就由受術者身邊的第三者提供魔法力。
以達也的狀況，和他配對的是深雪，用來暫時解除限制的「鑰匙」交付給深雪。
現在，「誓約」這個魔法本身已經解除。

「ESCAPES計畫」

二〇九七年五月三十一日，在FLT總公司舉行的「托拉斯．西爾弗」記者會上，發表這個以恆星爐設施轉換海水資源的開發計畫。這是達也為了對抗艾德華．克拉克提倡的「狄俄涅計畫」所發表的計畫。
雖然正式名稱未定，但達也從「Extract both useful and harmful Substances from the Coastal Area of the Pacific using Electricity generated by Stellar-generator」擷取重點單字的第一個字母，暫時取名為「ESCAPES計畫」。
該計畫的目的是讓魔法恆星爐（利用重力控制魔法的核融合爐）進入實用階段，廣為提供能源給家庭或產業使用，就某個角度來看，也堪稱是能讓魔法師獨立建國的計畫。
達也規劃在離島或海面興建這個設施。

●恆星爐

使用常駐型重力控制魔法完成永續熱核融合反應爐的構想。
以重力讓原子核接觸引發核融合反應的做法，和恆星內部的核融合反應有共通之處，所以命名為「恆星爐」，不過程序上和恆星的核融合截然不同。使用的魔法也不只是重力控制魔法，中和電磁斥力的魔法也扮演重要角色。
二〇九六年四月二十五日，國立魔法大學附設第一高中進行恆星爐實驗成功。

「叫做ESCAPES計畫。」
「ESCAPES計畫啊。意思是……算了，我不過問。」
司波達也
司波兄妹的哥哥。就讀第一高中三年E班。認知自己身為「守護者」必須保護妹妹，除此之外達觀一切。
司波深雪
達也的妹妹。就讀第一高中三年A班。擔任學生會會長的優等生。擅長冷卻魔法。是溺愛哥哥的「重度戀兄情結」。
北山 雫
就讀於三年A班，深雪的同班同學。擅長振動與加速系魔法。情緒起伏鮮少展露於言表。
雷蒙德・S・克拉克
Raymond・S・Clark
雫留學的USNA柏克萊某高中同學。真實身分是「七賢人」之一。父親是艾德華・克拉克。

「交給我吧。」
「說得也是。我唯一能夠依賴的人，就只有哥哥您了。」

背負某項缺陷的劣等生哥哥。
一切完美無瑕的優等生妹妹。
這對兄妹就讀魔法科高中之後，
風波不斷的每一天就此揭開序幕——

魔法科高中的劣等生 24

The irregular at magic high school

逃離篇〈上〉

佐島 勤
Tsutomu Sato
illustration
石田可奈
Kana Ishida

Kadokawa Fantastic Novels

Character
登場角色介紹

司波達也

就讀於三年E班。達觀一切。
妹妹深雪的「守護者」。

司波深雪

就讀於三年A班，達也的妹妹。
前年以首席成績入學的優等生。
擅長冷卻魔法。溺愛哥哥。

西城雷歐赫特

就讀於三年F班，達也的朋友。
二科生。擅長硬化魔法。
個性開朗。

千葉艾莉卡

就讀於三年F班，達也的朋友。
二科生。
可愛的闖禍大王。

柴田美月

就讀於三年E班，達也的朋友。
罹患靈子放射光過敏症。
有點少根筋的認真少女。

吉田幹比古

就讀於三年B班，出自古式魔法名門。
從小就認識艾莉卡。

光井穗香

就讀於三年A班，深雪的同班同學。
擅長光波振動系魔法。
一旦擅自認定後就頗為一意孤行。

北山 雫

就讀於三年A班，深雪的同班同學。
擅長振動與加速系魔法。
情緒起伏鮮少展露於言表。

里美 昴

就讀於三年D班。
宛如美少年的少女。
個性開朗隨和。

英美・艾米莉雅・格爾迪・明智

就讀於三年B班，隔代混血兒。
平常被稱為「艾咪」。
名門格爾迪家的子女。

櫻小路紅葉

三年B班，昴與艾咪的朋友。
便服是哥德蘿莉風格。
喜歡主題樂園。

森崎 駿

三年A班，深雪的
同班同學。擅長高速操作CAD。
身為一科生的自尊強烈。

十三束 鋼

就讀於三年E班。別名「Range Zero」（射程距離零）。
「魔法格鬥武術」的高手。

七草真由美

畢業生。現在是魔法大學學生。
擁有令異性著迷的
小惡魔個性，
不擅長應付他人攻勢。

中条 梓

畢業生。曾任學生會會長。
生性膽小，
個性畏首畏尾。

市原鈴音

畢業生。現在是魔法大學學生。
冷靜沉著的智慧型人物。

服部刑部少丞範藏

畢業生。社團聯盟總長。
雖然優秀，卻有著
過於正經的一面。

渡邊摩利

畢業生。真由美的好友。
各方面傾向好戰。

十文字克人

畢業生。
現在升學至魔法大學。
達也形容為「如同巨巖的人物」。

辰巳鋼太郎

畢業生。曾任風紀委員。
個性豪爽。

關本 勳

畢業生。曾任風紀委員。
論文競賽校內審查第二名。
犯下間諜行為。

澤木 碧

畢業生。曾任風紀委員。
對女性化的名字
耿耿於懷。

桐原武明

畢業生。關東劍術大賽
國中組冠軍。

五十里 啟

畢業生。曾任學生會會計。
魔法理論成績優秀。
千代田花音的未婚夫。

壬生紗耶香

畢業生。劍道大賽
國中女子組全國亞軍。

千代田花音

畢業生。
曾任風紀委員長。
和學姊摩利一樣好戰。

七草香澄

二年級。七草真由美的妹妹。
泉美的雙胞胎姊姊。
個性活潑開朗。

七寶琢磨

二年級。有力的魔法師家系
並且新加入十師族的
「七寶家」的長子。

七草泉美

二年級。七草真由美的妹妹。
香澄的雙胞胎妹妹。
個性成熟穩重。

櫻井水波

二年級。
立場是達也與深雪的表妹。
深雪的守護者候選人。

隅守賢人

二年級。白種人少年。
父母從USNA歸化日本。

安宿怜美

第一高中保健醫生。
穩重溫柔的笑容
大受男學生歡迎。

廿樂計夫

第一高中教師。
擅長魔法幾何學。
論文競賽的負責人。

珍妮佛・史密斯

歸化日本的白種人。達也的班級
與魔法工學課程的指導教師。

千倉朝子

畢業生。九校戰新項目
「堅盾對壘」的女子單人賽選手。

五十嵐亞實

畢業生。曾任兩項競賽社社長。

五十嵐鷹輔

三年級。亞實的弟弟。個性有些懦弱。

三七上凱利

畢業生。九校戰「祕碑解碼」
正規賽的男生選手。

國東久美子

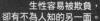

畢業生，在九校戰競賽項目
「操舵射擊」和艾咪搭檔的選手。
個性相當平易近人。

平河小春

畢業生。以工程師身分
參加九校戰。
主動放棄參加論文競賽。

平河千秋

三年級。
敵視達也。

三矢詩奈

第一高中的「新生」。
由於聽覺過於敏銳，
所以總是戴著耳罩。

矢車侍郎

詩奈的青梅竹馬。
自稱是「護衛」。

小野 遙

第一高中的
綜合輔導老師。
生性容易被欺負，
卻有不為人知的另一面。

九重八雲

擅長古式魔法「忍術」。
達也的體術師父。

一条剛毅

將輝的父親。
十師族一条家現任當家。

一条將輝

第三高中的三年級學生。
「十師族」一条家的
下任當家。

一条美登里

將輝的母親。
個性溫和，
廚藝高明。

吉祥寺真紅郎

第三高中的三年級學生。
以「始源喬治」的
別名眾所皆知。

一条 茜

一条家長女。將輝的妹妹。
國中二年級學生。
心儀真紅郎。

黑羽 貢

司波深夜、
四葉真夜的表弟。
亞夜子、文彌的父親。

一条瑠璃

一条家次女。將輝的妹妹。
我行我素，行事可靠。

黑羽亞夜子

達也與深雪的遠房表妹。
和弟弟文彌是雙胞胎。
第四高中的學生。

北山 潮

雫的父親。企業界的大人物。
商業假名是北方潮。

黑羽文彌

曾是四葉下任當家候選人。
達也與深雪的遠房表弟。
和姊姊亞夜子是雙胞胎。
第四高中的學生。

北山紅音

雫的母親。曾以振動系魔法
聞名的A級魔法師。

吉見

四葉的魔法師，黑羽家的親戚。
超能力者，可讀取人體所殘留的
想子情報體痕跡。極度的祕密主義。

北山 航

雫的弟弟。國中一年級。
非常仰慕姊姊。
目標是成為魔工技師。

鳴瀨晴海

雫的表哥。國立魔法大學附設第四高中的學生。

牛山

FLT的CAD開發第三課主任。
受到達也的信任。

千葉壽和

千葉艾莉卡的大哥。已故。
警察省國家公務員。

恩斯特・羅瑟

首屈一指的CAD製作公司
羅瑟魔工所
日本分公司社長。

千葉修次

千葉艾莉卡的二哥。摩利的男友。
具備千刃流劍術免許皆傳資格。
別名「千葉的麒麟兒」。

九島 烈

被譽為世界最強
魔法師之一的人物。
眾人尊稱為「宗師」。

稻垣

已故。生前是
警察省的巡查部長，
千葉壽和的部下。

九島真言

日本魔法界長老——
九島烈的兒子，
九島家現任當家。

小和村真紀

實力足以在著名電影獎
入圍最佳女主角的女星。
不只是美貌，演技也得到認同。

九島光宣

真言的兒子。雖是國立魔法大
學附設第二高中的二年級學生，
但因為經常生病幾乎沒上學。
和藤林響子是異父同母的姊弟。

九鬼 鎮

服從九島家的師補十八家之一。
尊稱九島烈為「老師」。

琵庫希

魔法科高中擁有的
家事輔助機器人。
正式名稱是3H
（Humanoid Home Helper：
人型家事輔助機械）P94型。

陳祥山

大亞聯軍
特殊作戰部隊隊長。
心狠手辣。

呂剛虎

大亞聯軍特殊作戰部隊的
王牌魔法師。
別名「食人虎」。

周公瑾

安排大亞聯盟的呂與陳
來到橫濱的俊美青年。
在中華街活動的神秘人物。

鈴

森崎拯救的少女。
全名是「孫美鈴」。
香港國際犯罪組織
「無頭龍」的新領袖。

布萊德利·張

逃離大亞聯盟的軍人。
階級是中尉。

丹尼爾·劉

和張一樣是大亞聯盟的逃兵。
也是沖繩秘密破壞行動的主謀。

檜垣喬瑟夫

昔日大亞聯盟親侵略沖繩時，
和達也並肩作戰的魔法師軍人。
別名「遺族血統」的
前沖繩駐留美軍遺孤的子孫。

風間玄信

陸軍101旅
獨立魔裝大隊隊長。
階級為中校。

真田繁留

陸軍101旅
獨立魔裝大隊幹部。
階級為少校。

藤林響子

擔任風間副官的
女性軍官。階級為中尉。

佐伯廣海

國防陸軍101旅旅長。階級為少將。
獨立魔裝大隊隊長風間玄信的長官。
外貌使她別名「銀狐」。

柳 連

陸軍101旅
獨立魔裝大隊幹部。
階級為少校。

山中幸典

陸軍101旅獨立魔裝大隊幹部。
少校軍醫，一級治癒魔法師。

酒井

國防陸軍總司令部軍官，階級為上校。
被視為反大亞聯盟的強硬派。

新發田勝成

曾是四葉家下任當家
候選人之一。防衛省職員。
第五高中校友。
擅長聚合系魔法。

堤 琴鳴

新發田勝成的守護者。
調整體「樂師系列」第二代。
適合使用關於聲音的魔法。

堤 奏太

新發田勝成的守護者。
調整體「樂師系列」
第二代。琴鳴的弟弟，
和她一樣適合使用
關於聲音的魔法。

花菱兵庫

服侍四葉家的
青年管家。
順位第二名之
花菱管家的兒子。

四葉真夜

達也與深雪的姨母。
深夜的雙胞胎妹妹。
四葉家現任當家。

葉山

服侍真夜的
高齡管家。

司波深夜

達也與深雪的母親。已故。
唯一擅長精神構造干涉魔法的
魔法師。

櫻井穗波

深夜的「守護者」。已故。
接受基因操作，強化魔法天分
而成的調整體魔法師
「櫻」系列第一代。

司波小百合

達也與深雪的繼母。
厭惡兩人。

津久葉夕歌

曾是四葉家
下任當家候選人之一。
曾任第一高中學生會副會長。
擅長精神干涉系魔法。

安潔莉娜・庫都・希爾茲

USNA魔法師部隊「STARS」的總隊長。階級是少校。暱稱是莉娜。
也是戰略級魔法師「十三使徒」之一。

瓦吉妮雅・巴藍斯

USNA統合參謀總部情報部內部監察局第一副局長。
階級是上校。來到日本支援莉娜。

希兒薇雅・瑪裘利・法斯特

USNA魔法師部隊「STARS」的行星級魔法師。階級是准尉。
暱稱是希兒薇，姓氏來自軍用代號「第一水星」。
在日本執行作戰時，擔任希利鄔斯少校的輔佐。

班哲明・卡諾普斯

USNA魔法師部隊「STARS」的第二把交椅。
階級是少校。希利鄔斯少校不在時的
代理總隊長。

米卡艾拉・弘格

USNA派到日本的間諜
（正職是國防總署的魔法研究人員）。
暱稱是米亞。

克蕾雅

獵人Q——沒能成為「STARS」的
魔法師部隊「STARDUST」的女兵。
Q意味著追蹤部隊的第17順位。

亞弗列德・佛瑪浩特

USNA魔法師部隊「STARS」的一等星魔法師。
階級是中尉。暱稱是弗列迪。
逃離STARS。

瑞琪兒

獵人R——沒能成為「STARS」的
魔法師部隊「STARDUST」的女兵。
R意味著追蹤部隊的第18順位。

查爾斯・沙立文

USNA魔法師部隊「STARS」的衛星級魔法師。
別名「第二魔星」。
逃離STARS。

神田

民權黨的年輕政治家。
對於國防軍採取批判態度的人權派。
也是反魔法主義者。

雷蒙德・S・克拉克

雫留學的USNA柏克萊某高中同學。
是名動不動就主動
和雫示好的白人少年。
真實身分是「七賢人」之一。

上野

以東京為地盤的
執政黨年輕政治家。
眾所皆知親近魔法師的議員。

近江圓磨

熟悉「反魂術」的魔法研究家，
別名「傀儡師」的古式魔法師。
據說可以使用禁忌的魔法
將屍體化為傀儡。

顧傑

「七賢人」之一。
別名紀德・黑顧，
大漢軍方術士部隊的倖存者。

喬・杜

協助黑顧逃走的神祕男性。能力出色，即使是
要躲避十師族魔法師們追捕的
困難工作也能俐落完成。

詹姆士・傑克森

從澳大利亞來到
日本沖繩的觀光客。
不過他的真實身分是——

卡拉・施米特

德意志聯邦的戰略級魔法師。
在柏林大學設立研究所的教授。

賈絲敏・傑克森

詹姆士的女兒。
雖然年僅十二歲，
卻是非常穩重，
應對進退相當成熟的少女。

伊果・安德烈維齊・貝佐布拉佐夫

新蘇維埃聯邦的戰略級魔法師。
科學協會魔法研究領域的
第一把交椅。

威廉・馬克羅德

英國的戰略級魔法師。
在國外數間知名大學
擁有教授資格的才子。

艾德華・克拉克

USNA國家科學局（NSA）所屬的技術學者。
「至高王座」的管理者。

七草弘一

真由美的父親。
七草家當家。
也是超一流的魔法師。

二木舞衣

十師族「二木家」當家。
住在兵庫縣蘆屋。
表面職業是
數間化學工業、
食品工業公司的大股東。
負責監護阪神
與中國地區。

名倉三郎

受僱於七草家的強力魔法師。
主要擔任真由美的貼身護衛。

三矢 元

十師族「三矢家」當家。住在神奈川縣厚木。
表面職業（不太確定是否能這麼形容）
是跨國的小型兵器掮客。
負責運用至今依然在運作的第三研。

五輪勇海

十師族「五輪家」當家。住在愛媛縣宇和島。
表面職業是海運公司的高層，
實質上的老闆。
負責監護四國地區。

六塚溫子

十師族「六塚家」當家。住在宮城縣仙台。
表面職業是地熱發電所挖掘公司的實質老闆。
負責監護東北地區。

八代雷藏

十師族「八代家」當家。住在福岡縣。
表面職業是大學講師以及數間通訊公司的大股東。
負責監護沖繩以外的
九州地區。

十文字和樹

十師族「十文字家」當家。住在東京都。
表面職業是做國防軍生意的
土木建設公司老闆。
和七草家一起負責監護
包含伊豆的關東地區。

東道青波

八雲稱他為「青波高僧閣下」。
如同僧侶般剃髮的老翁，
但真實身分不明。
依照八雲的說法是
四葉家的贊助者。

遠山（十山）司

輔佐十師族的
師補十八家「十山家」的魔法師。
存在目的不是保護國民，
而是保護國家機能。

部分插圖協助／魔法科高中製作委員會

Glossary
用語解說

魔法科高中
國立魔法大學附設高中的通稱，全國總共設立九所學校。
其中的第一至第三高中，每學年招收兩百名學生，
並且分為一科生與二科生。

花冠、雜草
第一高中用來形容一科生與二科生階級差異的隱語。
一科生制服的左胸口繡著以八枚花瓣組成的徽章，
不過二科生制服沒有。

一科生的徽章

CAD
簡化魔法發動程序的裝置，
內部儲存使用魔法所需的程式。
分成特化型與泛用型，外型也是各有不同。

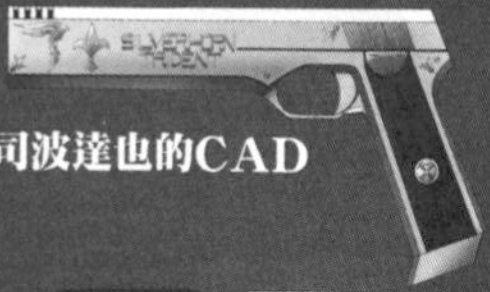

司波達也的CAD

司波深雪的CAD

Four Leaves Technology〔FLT〕
國內一家CAD製造公司。
原本該公司製造的魔法工學零件比成品有名，
但在開發「銀式」之後，
搖身一變成為知名的CAD製造公司。

托拉斯・西爾弗
短短一年就讓特化型CAD的軟體技術進步十年，
而為人所稱頌的天才技師。

Eidos〔個別情報體〕
原為希臘哲學用語。在現代魔法學，個別情報體指的是
「伴隨事物現象而來的情報」，是「事象」曾經存在於
「世界」的記錄，也可以說是「事象」留在「世界」的足跡。
依照現代魔法學的定義，「魔法」就是修改個別情報體，
藉以改寫個別情報體所代表的「事象」的技術。

Idea〔情報體次元〕
原為希臘哲學用語。在現代魔法學，情報體次元指的是「用來記錄個別情報體的平台」。
魔法的原始形態，就是將魔法式輸入這個名為「情報體次元」的平台，
改寫平台裡「個別情報體」的技術。

啟動式
為魔法的設計圖，用來構築魔法的程式。
啟動式的資料檔案，是以壓縮形式儲存在CAD，魔法師輸入想子波展開程式之後，
啟動式會依照資料內容轉換為訊號，並且回傳給魔法師。

想子
位於靈異現象次元的非物質粒子，記錄認知與思考結果的情報元素。
成為現代魔法理論基礎的「個別情報體」，成為現代魔法骨幹的「啟動式」和
「魔法式」技術，都是由想子建構而成。

靈子
位於靈異現象次元的非物質粒子。雖然已經確認其存在，但是形態與功能尚未解析成功。
一般的魔法師，頂多只能「感覺到」活化狀態的靈子。

魔法師
「魔法技能師」的簡稱。能將魔法施展到實用等級的人，統稱為魔法技能師。

魔法式
用來暫時改變伴隨事物現象而來的情報之情報體。由魔法師持有的想子構築而成。

魔法演算領域

構築魔法式的精神領域，也就是魔法資質的主體。該處位於魔法師的潛意識領域，魔法師平常可以意識到魔法演算領域並且使用，卻無法意識到內部的處理過程。對魔法師本人來說，魔法演算領域也堪稱是個黑盒子。

魔法式的輸出程序

❶從CAD接收啟動式，這個步驟稱為「讀取啟動式」。
❷在啟動式加入變數，送入魔法演算領域。
❸依照啟動式與變數構築魔法式。
❹將構築完成的魔法式，傳送到潛意識領域最上層暨意識領域最底層的「基幹」，從意識與潛意識之間的「閘門」輸出到情報體次元。
❺輸出到情報體次元的魔法式，會干涉指定座標的個別情報體進行改寫。

「實用等級」魔法師的標準，是在施展單一系統暨單一工序的魔法時，於半秒內完成這些程序。

魔法的評價基準（魔法力）

構築想子情報體的速度是魔法的處理能力、
構築情報體的規模上限是魔法的容納能力、
魔法式改寫個別情報體的強度是魔法的干涉能力，
這三項能力總稱為魔法力。

始源碼假說

主張「加速、加重、移動、振動、聚合、發散、吸收、釋放」四大系統八大種類的魔法，各自擁有正向與負向共計十六種基礎魔法式，以這十六種魔法式搭配組合，就能構築所有系統魔法的理論。

系統魔法

歸類為四大系統八大種類的魔法。

系統外魔法

並非操作物質現象，而是操作精神現象的魔法統稱。
從使喚靈異存在的神靈魔法、精靈魔法，或是讀心、靈魂出竅、意識操控等，包括的種類琳琅滿目。

十師族

日本最強的魔法師集團。一条、一之倉、一色、二木、二階堂、二瓶、三矢、三日月、四葉、五輪、五頭、五味、六塚、六角、六鄉、六本木、七草、七寶、七夕、七瀨、八代、八朔、八幡、九島、九鬼、九頭見、十文字、十山共二十八個家系，每四年召開一次「十師族甄選會議」，選出的十個家系就稱為「十師族」。

含數家系

如同「十師族」的姓氏有一到十的數字，「百家」之中的主流家系姓氏也有十一以上的數字，例如「『千』代田」、「『五十』里」、「『千』葉」家。
數字大小不代表實力強弱，但姓氏有數字就代表血統純正，可以作為推測魔法師實力的依據之一。

失數家系

亦被簡稱「失數」，是「數字」遭受剝奪的魔法師族群。
昔日魔法師被視為兵器暨實驗樣本的時候，評定為「成功案例」得到數字姓氏的魔法師，要是沒有立下「成功案例」應有的成績，就得接受這樣的烙印。

各式各樣的魔法

●悲嘆冥河
凍結精神的系統外魔法。凍結的精神無法命令肉體死亡，
中了這個魔法的對象，肉體將會隨著精神的「靜止」而停止、僵硬。
依照觀測，精神與肉體的相互作用，也可能導致部分肉體結晶化。

●地鳴
以獨立情報體「精靈」為媒介振動地面的古式魔法。

●術式解散
把建構魔法的魔法式，分解為構造無意義的想子粒子群的魔法。
魔法式作用於伴隨事象而來的情報體，基於這種性質，魔法式的情報結構一定會曝光，無法防止外力進行干涉。

●術式解體
將想子粒子群壓縮成塊，不經由情報體次元直接射向目標物引爆，摧毀目標物的啟動式或魔法式這種紀錄魔法的想子情報體，屬於無系統魔法。
即使歸類為魔法，但只是一種想子砲彈，結構不包含改變事象的魔法式，因此不受情報強化或領域干涉的影響。此外，砲彈本身的壓力也足以反彈演算干擾的影響。由於完全沒有物理作用力，任何障礙物都無法防堵。

●地雷原
泥土、岩石、砂子、水泥，不拘任何材質，
總之只要是具備「地面」概念的固體，就能施以強力振動的魔法。

●地裂
由獨立情報體「精靈」為媒介，以線形壓潰地面，
使地面乍看之下彷彿裂開的魔法。

●乾冰雹暴
聚集空氣中的二氧化碳製作成乾冰粒，
將凍結過程剩餘的熱能轉換為動能，高速射出乾冰粒的魔法。

●迅襲雷蛇
在「乾冰雹暴」製造乾冰顆粒時，凝結乾冰氣化產生的水蒸氣，
溶入二氧化碳氣體使其形成高導電霧，再以振動系與釋放系魔法產生摩擦靜電。以溶入碳酸的水霧或水滴為導線，朝對方施展電擊的組合魔法。

●冰霧神域
振動減速系廣域魔法。冷卻大容積的空氣並操縱其移動，
造成廣範圍的凍結效果。
簡單來說，就像是製造超大冰箱一樣。
發動時產生的白霧，是在空中凍結的冰或乾冰。
但要是提升層級，有時也會混入凝結為液態氮的霧。

●爆裂
將目標物內部液體氣化的發散系魔法。
如果是生物就是體液氣化導致身體破裂，
如果是以內燃機為動力的機械就是燃料氣化爆炸。
燃料電池也不例外。即使沒有搭載可燃的燃料，無論是電池液、油壓液、冷卻液或潤滑液，世間沒有機械不搭載任何液體，因此只要「爆裂」發動，幾乎所有機械都會毀損而停止運作。

●亂髮
不是指定角度改變風向，而是為了造成「絆腳」的含糊結果操作氣流，以極接近地面的氣流促使草葉纏住對方雙腳的古式魔法。只能在草長得夠高的原野使用。

魔法劍

使用魔法的戰鬥方式，除了以魔法本身為武器作戰，還有以魔法強化、操作武器的技術。
以魔法配合槍、弓箭等射擊武器的術式為主流，不過在日本，劍技與魔法組合而成的「劍術」也很發達。
現代魔法與古式魔法兩種領域，都開發出堪稱「魔法劍」的專用魔法。

1.高頻刃

高速振動刀身，接觸物體時傳導超越分子結合力的振動，將固體局部液化之後斬斷的魔法。和防止刀身自我毀壞的術式配套使用。

2.壓斬

使劍尖朝揮砍方向的水平兩側產生排斥力，將劍刃接觸的物體像是左右推壓般割斷的魔法。排斥力場細得未滿一公釐，強度卻足以影響光波，因此從正面看劍尖是一條黑線。

3.童子斬

被視為源氏祕劍而相傳至今的古式魔法。遙控兩把刀再加上手上的刀，以三把刀包圍對手並同時砍下的魔法劍技。以同音的「童子斬」隱藏原本「同時斬」的意義。

4.斬鐵

千葉一門的祕劍。不是將刀視為鋼塊或鐵塊，而是定義為「刀」這種單一概念，依循魔法式所設定的刀路而動的移動系統魔法。被定義為單一概念的「刀」如同單分子結晶之刃，不會折斷、彎曲或缺角，將會沿著刀路劈開所有物體。

5.迅雷斬鐵

以專用武裝演算裝置「雷丸」施展的「斬鐵」進化型。將刀與劍士定義為單一集合概念，因此從接觸敵人到出招的一連串動作，都能毫無誤差地高速執行。

6.山怒濤

以全長一八〇公分的大型專用武器「大蛇丸」所施展的千葉一門的祕劍。將己身與刀的慣性減低到極限並高速接近對手，在交鋒瞬間將至今消除的慣性疊加，提升刀身慣性後砍向對方。這股偽造的慣性質量和助跑距離成正比，最高可達十噸。

7.薄翼蜻蜓

將奈米碳管編織為厚度十億分之五公尺的極致薄膜，再以硬化魔法固定為全平面而化為刀刃的魔法。薄翼蜻蜓製成的刀身比任何刀劍或剃刀都要銳利，但術式不支援揮刀動作，因此術士必須具備足夠的刀劍造詣與臂力。

魔法技能師開發研究所

西元二〇三〇年代，日本政府因應第三次世界大戰當前而緊張化的國際情勢，接連設立開發魔法師的研究所。研究目的不是開發魔法，始終是開發魔法師，為了製造出最適合使用所需魔法的魔法師，基因改造也在研究範圍。

魔法技能師開發研究所設立了第一至第十共十所，至今依然有五所運作中。

各研究所的細節如下所述：

魔法技能師開發第一研究所

二〇三一年設立於金澤市，現在已關閉。

開發主題是進行對人戰鬥時直接干涉生物體的魔法。氣化魔法「爆裂」是衍生形態之一。不過，操作人體動作的魔法可能會引發傀儡攻擊（操作他人進行的自殺式恐怖攻擊），因此禁止研發。

魔法技能師開發第二研究所

二〇三一年設立於淡路島，運作中。

和第一研的主題成對，開發的魔法是干涉無機物的魔法。尤其是關於氧化還原反應的吸收系魔法。

魔法技能師開發第三研究所

二〇三二年設立於厚木市，運作中。

目的是開發出能獨力應付各種狀況的魔法師，致力於多重演算的研究。尤其竭力實驗測試可以同時發動、連續發動的魔法數量極限，開發可以同時發動複數魔法的魔法師。

魔法技能師開發第四研究所

詳情不明，推測位於前東京都與前山梨縣的界線附近，設立時間則估計是二〇三三年。現在宣稱已經關閉，而實際狀況也不明。只有前第四研不是由政府，是對國家具備強大影響力的贊助者設立。傳聞現在該研究所從國家獨立出來，接受贊助者的支援繼續運作，也傳聞該贊助者實際上從二〇二〇年代之前就經營著該研究所。

據說其研究目標是試圖利用精神干涉魔法，強化「魔法」這種特異能力的源泉，也就是魔法師潛意識領域的魔法演算領域。

魔法技能師開發第五研究所

二〇三五年設立於四國的宇和島市，運作中。

研究的是干涉物質形狀的魔法。主流研究是技術難度較低的流體控制，但也成功研究出干涉固體形狀的魔法。其成果就是和USNA共同開發的「巴哈姆特」。加上流體干涉魔法「深淵」，該研究所開發出兩個戰略級魔法，是國際聞名的魔法研究機構。

魔法技能師開發第六研究所

二〇三五年設立於仙台市，運作中。

研究如何以魔法控制熱量。和第八研同樣偏向是基礎研究機構，相對的缺乏軍事色彩。不過除了第四研，據說在魔法技能師開發研究所之中，第六研進行基因改造實驗的次數最多（第四研實際狀況不明）。

魔法技能師開發第七研究所

二〇三六年設立於東京，現在已關閉。

主要開發反集團戰鬥用的魔法，群體控制魔法為其成果。第六研的軍事色彩不強，促使第七研成為兼任戰時首都防衛工作的魔法師開發研究設施。

魔法技能師開發第八研究所

二〇三七年設立於北九州市，運作中。

研究如何以魔法操作重力、電磁力與各種強弱不同的交互作用力。基礎研究機構的色彩比第六研更濃厚，但是和國防軍關係密切，這一點和第六研不同。部分原因在於第八研的研究內容很容易連結到核武開發，在國防軍的保證之下，才免於被質疑暗中開發核武。

魔法技能師開發第九研究所

二〇三七年設立於奈良市，現在已關閉。

研究如何將現代魔法與古式魔法融合，試圖藉由讓現代魔法吸收古式魔法的相關知識，解決現代魔法不擅長的各種課題（例如模糊不明確的術式操作）。

魔法技能師開發第十研究所

二〇三九年設立於東京，現在已關閉。

和第七研同樣兼具防衛首都的目的，研究如何在空間產生虛擬結構物的領域魔法，作為遭遇高火力攻擊的防禦手段。各式各樣的反物理護壁魔法為其成果。

此外，第十研試圖使用不同於第四研的手段激發魔法能力。具體來說，他們致力開發的魔法師並非強化魔法演算領域本身，而是能讓魔法演算領域暫時超頻，因應需求使用強力的魔法。但是成功與否並未公開。

除了上述十間研究所，開發元素家系的研究所從二〇一〇年代運作到二〇二〇年代，但現今全部關閉。此外，國防軍在二〇〇二年設立直屬於陸軍總司令部的祕密研究機構，至今依然獨自進行研究。九島烈加入第九研之前，都在這個研究機構接受強化處置。

戰略級魔法師——十三使徒

現代魔法是在高度科技之中培育而成，因此能開發強力軍事魔法的國家有限，導致只有少數國家能開發匹敵大規模破壞兵器的戰略級魔法。

不過，開發成功的魔法會提供給同盟國，高度適合使用戰略級魔法的同盟國魔法師，也可能被認證為戰略級魔法師。

在2095年4月，各國認定適合使用戰略級魔法，並且對外公開身分的魔法師共十三名。他們被稱為「十三使徒」，公認是世界軍事平衡的重要因素。

十三使徒的國籍、姓名與戰略級魔法名稱如下所述：

USNA

安吉・希利鄔斯：「重金屬爆散」
艾里歐特・米勒：「利維坦」
羅蘭・巴特：「利維坦」
※其中只有安吉・希利鄔斯任職於STARS。艾里歐特・米勒位於阿拉斯加基地，羅蘭・巴特位於國外的直布羅陀基地，兩人基本上不會出動。

新蘇維埃聯邦

伊果・安德烈維齊・貝佐布拉佐夫：
「水霧炸彈」
列昂尼德・肯德拉切科：
「大地紅軍」
※肯德拉切科年事已高，基本上不會離開黑海基地。

大亞細亞聯盟

劉雲德：「霹靂塔」
※劉雲德已於2095年10月31日的對日戰鬥中戰死。

印度、波斯聯邦

巴拉特・錢德勒・坎恩：
「神焰沉爆」

日本

五輪 澪：「深淵」

巴西

米吉爾・迪亞斯：「同步線性融合」
※魔法式為USNA提供。

英國

威廉・馬克羅德：「臭氧循環」

德國

卡拉・施米特：「臭氧循環」
※臭氧循環的原型，是分裂前的歐盟因應臭氧層破洞而共同研發的魔法。後來由英國完成，依照協定向前歐盟各國公開魔法式。

土耳其

阿里・夏亨：「巴哈姆特」
※魔法式為USNA與日本所共同開發完成，由日本主導提供。

泰國

梭姆・查伊・班納克：「神焰沉爆」
※魔法式為印度、波斯聯邦提供。

The International Situation
2096年現在的世界情勢

以全球寒冷化為直接契機的第三次世界大戰——二十年世界連續戰爭大幅改寫了世界地圖。世界現狀如下所述：

USA合併加拿大以及墨西哥到巴拿馬等各國，組成北美利堅大陸合眾國（USNA）。

俄羅斯再度吸收烏克蘭與白俄羅斯，組成新蘇維埃聯邦（新蘇聯）。

中國征服緬甸北部、越南北部、寮國北部以及朝鮮半島，組成大亞細亞聯盟（大亞聯盟）。

印度與伊朗併吞中亞各國（土庫曼、烏茲別克、塔吉克、阿富汗）以及南亞各國（巴基斯坦、尼泊爾、不丹、孟加拉、斯里蘭卡），組成印度、波斯聯邦。

亞洲阿拉伯其餘國家，分區締結軍事同盟，對抗新蘇聯、大亞聯盟以及印度、波斯聯邦三大國。

澳洲選擇實質鎖國。

歐洲整合失敗，以德國與法國為界分裂為東西兩側。東歐與西歐也沒能各自整合為單一國家，團結力甚至不如戰前。

非洲各國半數完全消滅，倖存的國家也只能勉強維持都市周邊的統治權。

南美除了巴西，都處於地方政府各自為政的小國分立狀態。

The irregular at magic high school

『托拉斯．西爾弗是國立魔法大學附設第一高中三年級的司波達也先生。日本的各位，請你們說服司波達也先生。』

【1】

自稱「七賢人」的怪人發布的影音訊息不只在日本，在美利堅也引起廣大迴響。

在魔法學問領域，托拉斯．西爾弗這個名字，和發現「始源碼」的吉祥寺真紅郎同樣引人注目。吉祥寺發現加重系統魔法的原始碼之後就沒有顯著的成績，相較之下，讓飛行魔法成真的托拉斯．西爾弗有著評價提高的趨勢。理論領域由「始源喬治」為首，技術領域由「托拉斯．西爾弗」為首，這是美利堅魔法學會對日本的普遍印象。

托拉斯．西爾弗保密至今的身分曝光了。而且他的真面目和吉祥寺真紅郎一樣是高中生。這個新聞在平常不太對魔法感興趣的人們之間也大為轟動引起注目。

雷蒙德在普通網路看著大眾符合他的期待起舞，一個人滿意地笑了。他自覺這是一幅陰沉的光景，卻不能分享給高中的朋友們。雷蒙德是七賢人，這個祕密只有他與他的父親艾德華．克拉克知道。不能向普通的朋友炫耀。

差不多該吃晚餐了。如此心想的艾德華從螢幕前面起身。就在這個時候，居家保全系統告知父親返家。艾德華．克拉克覺得挺稀奇的，同時暗自推測大概是為了白天那件事。

父親艾德華一週只回家一兩次。有事的時候，一般都是雷蒙德前往父親的辦公室。此外，雷蒙德的母親在他十歲就離婚搬離這個家。

即使是艾德華回家的日子，平常也總是更晚才回來。雷蒙德將艾德華異於平常的行動模式和自己的「惡作劇」連結起來，可以說是自然而然的想法。

「爹地，歡迎回來。」

應該會被罵吧。雷蒙德如此預測，走出自己的房間，以笑容迎接父親。

「雷蒙德，你做了傻事對吧！」

「對不起。」

艾德華的語氣，比雷蒙德預測的嚴厲得多。但是雷蒙德的謝罪只是嘴上說說。不只是內心，連表情看起來也毫不害怕。

他確信父親不可能真正動怒。

「……不過，以結果來說正合我意。因為如果由政府相關人士揭露未成年人的隱私，應該會引起媒體或人權團體不必要的騷動。我正在苦惱下一步棋要怎麼將司波達也逼入絕境。」

「很高興能幫上爹地的忙。」

雷蒙德維持乖順表情的時間真的很短暫。艾德華的斥責以及隨後告知的真心話，也都在雷蒙德的料想之內。

ＵＳＮＡ是民主國家，政府不能「公然」侵害魔法師的人權，更不能侵害未成年人的權利。正因如此，艾德華無法選擇公開托拉斯・西爾弗的身分來誘導日本輿論。即使以輿論壓力逼日本交出司波達也，對於ＵＳＮＡ來說是最划算的手段也一樣。

如果這個情報明顯是從政府相關人士以外的管道外洩，ＵＳＮＡ政府就不會遭受媒體或人權團體的抨擊。由雷蒙德飾演的「七賢人」揭發托拉斯・西爾弗的真面目，剛好符合這個需求。

雷蒙德早就看透這一點。

「我還有其他事情幫得上爹地嗎？」

與其說想要孝順，應該說雷蒙德是基於「想多玩一下」的慾望如此詢問。

艾德華稍微瞇細雙眼。他應該也早就知道兒子的想法。之所以沒有責備，大概是判斷「七賢人」有利用價值。

「我預定在最近前往日本。」

「爹地要去？」

雷蒙德問完，艾德華點頭回應。

「你也要來嗎？」

「可以嗎？我要去！」

雷蒙德二話不說，接受父親的邀請。

◇　◇　◇

達也在新聞看見「七賢人」的影片，是早上七點的事。

三小時後，他停止沉思開始行動。

上午十點。達也打電話到四葉本家。

『久等了。事情變得好嚴重呢。』

和之前不同，真夜沒有找人代接電話假裝不在。出現在視訊電話畫面的真夜，以一點都不覺得嚴重的表情，說出這句話代替問候。

「是的。如今使用消極的應對方式應該撐不過去。」

真夜試圖捉弄達也的這句話，達也正面回應。

『……意思是你想積極反擊嗎？』

大概是事與願違而感到不高興，真夜微微蹙眉。

「在下打這通電話，就是想找當家大人談這件事。」

即使真夜裝出心情不好的樣子，達也的表情也沒變。他絲毫沒露出客套笑容，加一句開場白之後進入正題。

『你有想法是吧？』

「是的。」

『………』

真夜收起微笑，在畫面中思索。

達也看著這一幕，默默等待回覆。

『我現在派人去接你。雖然有點早，不過就一邊吃午餐一邊聊吧。』

秒針大約走半圈之後，真夜回以這個指示。

「遵命。」

達也原本認為即使只用電話討論也無妨。不過既然真夜要他過去談，他也不吝接受。達也恭敬朝畫面上的真夜行禮致意。

◇　◇　◇

達也抵達四葉本家的時間是十一點半。

來接達也的花菱兵庫，就這麼帶他到主屋深處。

除夕那天用來指名繼承人的餐廳，已經是隨時可以進行餐會的狀態，但真夜還沒現身。達也如今不會再害怕真夜的威勢。但是免於讓這個家的最高掌權者等待，事實上也讓他鬆了口氣。

達也就位不到五分鐘，真夜現身了。

「抱歉讓你久等了。」

「不，請別這麼說。」

達也從椅子起身，迎接進入餐廳的真夜。

「這樣啊。」

真夜大方點頭坐下，達也接著也坐回椅子上。

兩人的座位是面對面。為了方便交談，也換成比除夕小的餐桌。

真夜背後站著葉山，達也背後站著兵庫。

在葉山示意之下進房的女傭負責準備餐點。

不是一道一道上的全餐，而是一次上齊的三菜一湯，大概是避免供餐打斷對話。

「請用吧。」

「我開動了。」

在真夜催促之下，達也舉筷夾菜。他的注意力當然繼續朝向真夜。

「這次的事件，也超出我的預料。」

「在下也是。」

所以即使真夜突然搭話，達也也不慌不忙。

「達也，你早就認識他了吧？」

「雷蒙德．克拉克嗎？正如先前向您報告的，我沒有直接和他講過話。」

寄生物事件表面上姑且解決之後，達也將事情始末寫成報告書上繳給真夜。其中也詳述雷蒙德．克拉克提供情報的部分。

「你沒察覺雷蒙德．克拉克和艾德華．克拉克的關係嗎？」

「是在下大意。因為他嘴裡說會繼續提供情報，後來卻完全沒聯絡。」

雷蒙德在寄給達也的影音訊息告知「我今後打算繼續提供必要的情報給你」。但他沒實現這個口頭承諾。

「也就是他忘了？」

「如果解釋成他沒想起來，那就是這樣沒錯。『至高王座』的存在，我也留在記憶的一角，但我應該更認真調查才對。雷蒙德．克拉克主動接觸的時間點，應該就已經知道托拉斯．西爾弗的真實身分，但若預先詳細查明他使用的工具，就不會像這樣挨了冷箭，在下對此感到後悔。」

「……已經過去的事情也沒辦法了。」

真夜的回應出現不自然的停頓。達也內心詫異。

「您說得是。」

但他表面上只有溫順行禮帶過。

「不提這個，達也。」

不過對於真夜來說，這一瞬間的狼狽好像非掩飾不可。她突然改變話題。

「封印怎麼了？就我看來好像解除了。」

「和十文字閣下對決的時候解咒了。」

達也沒慌張也沒畏懼，立刻回答真夜的問題。

對此，真夜說出的話語並非要責備達也。

「解咒？不是解開？」

真夜疑惑歪過腦袋。表情像是懷疑自己聽錯。

「是的。在下解除誓約本身了。」

達也依然以不害怕也不猶豫的語氣，回答真夜的問題。

「這麼亂來……」

真夜發出傻眼的聲音。

「如果不亂來就打不贏這個對手。」

「以你的本事，在封印狀態也打得贏吧？」

真夜的聲音混入責難的神色。不過這是在擔心達也的亂來。不知為何，看起來不是在責備達也擅自解除誓約。

「但你實際上打贏了，所以這麼做應該沒錯吧。」

「不敢當。」

達也不確定真夜的真意為何，只有低頭致意以免禍從口出。

「那麼……差不多該進入正題了。」

不知道是對此滿意，還是覺得時候差不多了，真夜要求達也說明反擊計畫。

達也還沒吃完，但他暫時放下筷子。

「想請您准許在下在ＦＬＴ總公司開記者會回應。」

「意思是你要親自站上最前線？」

真夜微微睜大雙眼。

「是的。」

「你打算對記者說什麼？」

真夜朝達也投以試探的視線。

「在下打算發表以恆星爐設施轉換海水資源的開發計畫。」

「這裡說的恆星爐，是你持續研發的常駐型重力控制魔法式熱核融合反應爐吧？是什麼樣的計畫？」

「Extract both useful and harmful Substances from the Coastal Area of the Pacific using Electricity generated by Stellar-generator。在下擷取重點單字的第一個字母，取名為『ESCAPES計畫』。」

達也在這裡首度向真夜說明他真正想進行的計畫。

「……挺有趣的。你想以這個ESCAPES計畫，讓魔法師獨立建國嗎？」

「在下沒有從國家分離獨立的意圖。只以魔法師滿足食衣住等所有需求，從能力層面考量是天方夜譚。」

「也不要求自治權嗎？」

「在下認為無謂刺激政府，是百害而無一利的做法。」

「真不像是孩子的想法。」

真夜愉快瞇細雙眼，單手掩口。

雖然是沒發出聲音的笑，但真夜的表情沒給達也負面印象。

「只要表面上保證的魔法師權利『真正』獲得保護就夠了。」

「從政府那裡贏得履行的承諾。這就是你的目的吧？」

「是的。在下不否認可能會拿下『實質的自治權』做為必要手段。」

大概是終於忍不住，真夜愉快放聲笑了。

「……也對。制度上的自治權，肯定會引起『平民』們的反彈。」

真夜收起笑容，筆直注視達也雙眼。

「我知道你的計畫了。我個人判斷有十足的勝算。」

真夜刻意強調「個人」的真意，達也沒有誤解。

「意思是不能只憑姨母大人的想法許可嗎？」

「嗯，一點都沒錯。不過，並不是需要各分家許可的意思。」

達也默默回看著真夜雙眼，等待她說下去。

「有一位贊助者特別照顧我們四葉家。」

「是東道閣下吧。在下只久仰他的大名未曾見面。」

「哎呀，是嗎？」

真夜發出意外的聲音，立刻露出滿意的笑容點頭。

「那就可以長話短說了。」

真夜以茶水潤喉。將茶杯避開自己的正前方放回桌上之後，葉山換上一杯新的茶。

「條件是由你親自向東道閣下說明這件事，獲得閣下的許可。我幫你問閣下何時有空。」

「知道了。勞煩姨母大人了。」

達也沒展現絲毫懼意，在允諾的同時行禮。

「話是這麼說，但FLT應該也要做準備，所以暫訂一個時間吧。四天後的星期五早上十點怎麼樣？」

「在下沒問題。」

這次的騷動，使得達也身為高中生、企業研究員或是特務軍官的行程都變成空白，他立刻回應真夜的詢問。

「不過要是閣下不方便，記者會就得延期。閣下不接受的話就會中止。」

「在下明白這是在所難免。」

「這樣啊。」

對於達也從順的態度，真夜露出笑容點頭。

◇ ◇ ◇

和真夜開完會，達也立刻回到伊豆的別墅。雖然從一開始就沒有在本家過夜的預定，但沒人挽留也是事實。

除夕之後，雇傭們對達也的態度大為轉變。不過或許因為未曾在本家久住，所以缺乏人望。

「……不過達也本人應該完全不在乎這種事吧。」

真夜在自己私人空間的書房裡，下意識地說出部分想法。

就在一旁的葉山，肯定也聽到她的自言自語。

但葉山不對真夜的呢喃表達任何意見，將一杯紅茶擺在桌上。

「葉山先生……」

「是，夫人。」

真夜的語調和自言自語沒什麼兩樣，但葉山沒慌張也沒困惑，回應叫他的這個聲音。

「達也那番話……你怎麼看？」

「夫人所說達也的那番話，是指誓約的事情嗎？還是記者會的事情？」

「兩者皆是……不過，首先關於他擅自將誓約解咒，請讓我聽聽葉山先生的意見。」

「這樣啊……依照屬下愚昧的想法，應該沒什麼大問題。」

「將封印本身解除，你覺得沒問題？」

真夜沒隱藏意外感，重新詢問葉山。

「恕屬下冒昧，達也大人成為下任當家大人的未婚夫之後，封印應該要功成身退了。」

「那孩子的封印，並不是為了讓他服從四葉家啊？」

「屬下明白。不過夫人，屬下明知失禮還是斗膽請教，您真的認為現在的達也大人恐怕會讓魔法失控嗎？」

完全解除「誓約」。這代表達也可以隨時百分百發揮自己的魔法技能。可以自由使用「質量爆散」。

說起來，施加在達也身上的封印，是擔憂「質量爆散」的爆發。

只因為一名少年的憤怒、悲傷或憎恨，破壞力凌駕於所有戰略核彈的魔法就會瞬間襲擊全世界的所有場所。即使地球本身沒被破壞，住在地球的生物也會輕易毀滅吧。人類當然也不例外。

為了防止這種事態到來，四葉家封鎖達也的能力。

但是這道封印並不完整。四葉家沒拋棄這份獨力就能對抗世界的力量。捨不得這份力量。

只要依循既定步驟，達也就能只以自己的意志施放「質量爆散」。「誓約」的封印始終是預防達也違反自己的「理性意志」，一時衝動行使毀滅性魔法。防範他無法控制己身魔法的狀況。

而且，以「誓約」束縛魔法技能的不只達也一人。束縛達也的術式，構造上是以深雪的魔法力維持。「誓約」封鎖達也的部分力量，同時也持續大量消耗深雪的力量。

只要達也能以意志控制自己的魔法，就不需要「誓約」。

不只是不需要，「誓約」扼殺了達也與深雪這兩名強大魔法師的力量，使得四葉家的戰力下降，可以說是有害的魔法。

葉山冷不防這麼問，真夜無法立刻回答。

「達也大人控制魔法的本事，在四葉家也是首屈一指，放眼全世界恐怕也是最高水準吧。」

「……也對。至少應該勝過我。」

對於真夜的自我評價，葉山不置可否。

「除非深雪大人發生什麼三長兩短，否則屬下認為達也大人不可能讓魔法失控。」

「而且如果深雪有什麼三長兩短，『誓約』也無法阻止失控……葉山先生是這個意思吧？」

「正是。因此屬下認為，四葉家必須不惜任何代價保護深雪大人。不過由屬下建言也未免踰矩就是了。」

「沒關係。畢竟是事實。」

真夜將手伸向茶杯，卻在途中收回來，嘆了長長的一口氣。

「過於強大的力量真的很棘手。即使自以為在利用這份力量，到最後卻是自己被弄得暈頭轉向。即使自以為好好隔離，總有一天也無法無視。」

「實際存在的威脅沒辦法視若無睹。只能妥協，埋葬，或是其中一方屈服。除非奪走威脅的力量根源，否則即使讓對方屈服也只是暫時性的。」

「葉山先生說得沒錯。除非奪走對方擁有的力量，否則即使讓對方屈服也不算是解決。這份力量要是和對方的存在不可分離，就只能將其埋葬。」

「如果無法妥協，就只能這麼做。」

「一般來說，以妥協擱置問題也是選項之一……不過在這個案例應該很難吧。因為暴露在那個魔法威脅之下的是全世界的國家。」

「夫人認為可能有人企圖暗殺達也大人？」

葉山一邊問，一邊換掉杯中放涼的茶水。

「我想某些勢力已經進入實行階段。」

這次真夜拿起茶杯，在嘴唇碰觸之前如此回答。

「這就嚴重了。」

真夜移動視線觀察葉山的表情。

一反真夜的預測，葉山沒露出笑容。

不知為何，真夜覺得非反駁不可。

「暗殺達也，根本是不可能的事情吧。」

「屬下也這麼認為。達也大人實質上是不死之身。然而深雪大人不一樣。」

真夜剛好在這時候放回桌面的茶杯，發出礙耳的碰撞聲。

「……也就是暗殺達也的計畫會殃及深雪？」

「屬下認為這是四葉家最該提防的風險。」

葉山的指摘使得真夜沉默。

保護深雪的不是別人，正是達也。現在雖然相隔兩地，但是對於達也來說，這種事不構成妨礙。達也的守護是超越距離產生作用。

讓魔法主體——魔法式本身消散的魔法技能。

只要還沒死，即使是致命傷也能消除的特異能力。

深雪在達也的保護之下非常安全，所以自己放心至極。真夜重新被點醒這一點。

然而無須強調，達也並非萬能。

和十文字克人的那場戰鬥，也絕對不是輕鬆獲勝。

達也無法讓克人的防禦型連壁方陣失效。他擁有的技能可以將所有魔法式分解消散，卻不是能讓所有魔法失效。

達也非得使用「中子束照射」這個物理手段才能打倒克人。在照射的同時，對方的中子護罩失去效用，所以無法防禦中子束。但是可以閃躲。而且即使是達也，「重子槍」這個魔法也造成魔法演算領域的沉重負荷，因此被躲開的話將會門戶大開。

達也自己受到任何攻擊應該也不會死。但是無法斷言達也絕對不會因為遭到攻擊受到致命傷而無法徹底保護深雪。做得到這種攻擊的魔法師或許躲在世界的某處。

不對，不是「或許」。達也曾經被安吉．希利鄔斯的荷電粒子砲打掉一條手臂受重傷。不過如今再生醫療已經發達，即使沒有「重組」的特異能力，多花點時間應該也能回復吧。

除此之外，達也在宗谷海峽也沒能讓貝佐布拉佐夫的「水霧炸彈」完全失效。從霞浦基地的遠距離瞄準不能當成理由。此外在前幾天的戰鬥，要不是預先準備「重子槍」，達也就敗給克人了。

「……保護達也就是保護深雪，也進而防止達也的魔法失控。葉山先生是這個意思吧？」

「即使在接受『誓約』封印的狀態，達也大人到最後終究不會落於人後吧。但是如果限制達也大人的力量，削減保護深雪大人的餘力，或許違反了原本要防止『質量爆散』失控的宗旨。」

「也對……或許正如葉山先生所說吧。」

真夜放鬆肩膀力氣，向後靠在椅背。

「避免達也的魔法失控……如果尊重這個表面上的藉口，限制他的力量反倒是反效果吧。」

葉山朝真夜恭敬行禮。

「好吧。關於『誓約』的解咒，我就追認吧。」

不是「不過問」，是「追認」。

葉山眉頭微微一顫，透露意外感。

「貢先生或冬歌可能會大呼小叫，不過如果過火，就由我來說服他們。」

「遵命。不過，屬下會盡量避免勞煩夫人。」

「嗯，拜託了。」

就這樣，達也擅自解除封印這件事，在真夜與葉山之間算是結案。

「話說回來，你認為『ESCAPES計畫』怎麼樣？」

「屬下敬佩不已。」

這句話透露某種不像葉山會有的情感，真夜感到意外而轉身看他。

葉山在真夜身旁露出和話語相符的表情。

「評價這麼高啊。」

「艾德華・克拉克的狄俄涅計畫，是立場上肩負責任的魔法師難以反對的『理想』計畫。」

「確實，既然標榜『為了全人類』這個理想就很難抵抗。」

人口要是就這麼繼續增加，遲早面臨地球空間極限與地下資源的不足。艾德華提出解決這些問題的方案。

若是為此需要魔法之力，那就無法拒絕貢獻。即使會將魔法師的人生當成活祭品獻出，拒絕的話會背負起背叛人類的污名。

不管該計畫成功與否。

「但是達也大人的計畫，點出另一個解決之道。應該可以藉此名正言順地正面對抗艾德華・克拉克的謀略吧。」

「但我認為從格局來看，達也的計畫比『狄俄涅計畫』遜色不少。」

或許在真夜眼中，葉山過於偏袒達也提出的計畫。她像是潑冷水般酸溜溜地反駁。

「相對來說，也實際得多。」

不過葉山並不是一頭熱地將達也的計畫捧上天。

「資本家喜歡預期現實利益較高的投資案。」

他始終是看好達也這個計畫用為反擊手段的效果。

「……照常理來說，應該是這樣沒錯吧。」

真夜也認同葉山的意見。她的語氣聽起來有點不服輸的感覺。

「如夫人所說，達也大人描繪的夢想不夠震撼。但如果要從國家以外的管道集資，屬下認為說服力勝過艾德華．克拉克。」

「如果閣下也這麼認為就好了。」

不知道達也是否能說服東道青波。

這攸關達也是否能按照自己的想法打破現狀的僵局。

「話說夫人……」

葉山沒回應真夜的低語，這次是由他改變話題。

「什麼事？」

「關於剛才那件事，屬下不認為絕對不可能妥協。」

「是說達也的魔法造成全世界的威脅嗎？」

「是的。達也大人剛才沒否認魔法師可以獲得實質的自治領地。如果達也大人不是以個人身分，而是站在和國家代表者同等的立場，妥協或許是可以成立的。」

◇ ◇ ◇

神祕怪人揭發托拉斯·西爾弗真實身分的這一天。

媒體一大早就湧向第一高中。終究來不及在上學時間趕到，所以沒有學生在上學途中被包圍遞上麥克風成為受害者。但在第二堂課開始時，第一高中正門與後門等出入口都被媒體固守。

記者要求採訪達也，但校方悉數拒絕。既然不是犯下嚴重的違法行為，考慮到保護未成年隱私的重要性當然該這麼做，但校方沒透露達也沒上學，這一點或許也應該稱許。

只不過，媒體不會因為採訪遭拒就死心。不，或許打從一開始，校方的許可就不重要。即使上午課程結束進入午休時間，許多媒體依然包圍第一高中校區。

「還在喔……」

「應該說，好像還增加了。」

從學生會室窗戶看向正門的泉美說完，同樣觀察窗外狀況的香澄以不耐煩的聲音回應。

「後門前面也擠滿記者……」

穗香以軟弱的聲音補充說。她坐在座位就知道室外的狀況，是因為她將光線折射映入視野。其實這是違反校規的擅用魔法行為，但現在這裡沒人責備這件事。

「問題在放學時間。」

深雪眉頭深鎖輕聲說。

「要報警嗎？」

深雪微微搖頭回應雫的提案。

「這應該是老師們思考的問題，不能由我們的一己之見決定。」

「這樣啊。」

大概只是突然想到，雫沒堅持自己的主張。

「可是會長，我覺得光靠我們的能力，沒辦法平安回家……」

詩奈以膽怯不安的表情對深雪說。如果侍郎在場，大概會臉不紅氣不喘說出「我來保護妳」這種話為詩奈打氣，但他似乎對學生會感冒，不會主動接近這個房間。

詩奈所說「光靠我們的能力」，當然是以不使用魔法為前提。原則上可以在自衛的範圍使用魔法。但是使用魔法的正當防衛判定標準很高。若是拿「報導自由」當擋箭牌，即使考慮到這邊是未成年學生，使用魔法被認定合法的可能性也很低吧。將「採訪行為」視為聖域的弊害，深植於以「學者」為中心的族群。

看來深雪也感覺到這份擔憂。

「必須思考對策了。」

她以嚴肅的表情回應。

◇ ◇ ◇

不用說，媒體不只是湧向第一高中。在托拉斯．西爾弗任職的ＦＬＴ，記者也是蜂擁而至。大概是不必顧慮到未成年對象吧，許多採訪團隊大剌剌地拍攝。他們如果沒有「報導機構」這個頭銜，恐怕會成為妨害業務的嫌犯吧。

不過，這樣的強行取材也在下午告一段落。

不是因為記者或播報員內心的良知突然覺醒。

下午兩點。對於媒體的採訪要求，ＦＬＴ做出以下的回應。

「——四天後將舉行托拉斯．西爾弗的記者會。星期五上午十點，會在本大樓一樓召開托拉斯．西爾弗的記者會，所以今天請回。不肯回去的話將會被拒絕進入記者會會場。此外不只是敝公司，若是國立魔法大學附設第一高中的學生投訴採訪相關事宜，涉案人也可能列入記者會的拒絕名單。」

對於年輕女公關職員聲嘶力竭宣布的這段話，媒體群之中也有人反彈。高呼不滿的這些人，表現方式雖然略有差異，內容卻是一樣的。

「要侵害報導的自由嗎？」

就是這句招牌抱怨文。

不過說來意外，是理應立場相同的其他記者出面制止。

如果在這裡鬧大導致記者會中止怎麼辦？這是制止的理由。與其爭個領先別家媒體拔得頭籌，寧可即使是並駕齊驅也好，希望可以確實取得號外新聞的記者占壓倒性多數。

湧向ＦＬＴ的媒體，雖然在最後起內鬨相互叫罵，卻沒引發更嚴重的騷動就撤退。

ＦＬＴ開發總部部長室。這個房間是達也與深雪兩兄妹的父親——司波龍郎的個人房間。龍郎「名義上」是ＦＬＴ的最大股東，分配到比社長還豪華的辦公室。

龍郎在這個房間迎接ＦＬＴ真正統治者——四葉本家的使者。

「您應付媒體辛苦了。」

年約二十五歲的青年，以客氣口吻加上自然輕視對方的態度慰勞龍郎。

「不，我只不過指示公關該怎麼做而已。」

比自己年輕快二十歲的小夥子擺這種架子，龍郎和常人一樣起反感。但他沒顯露於言表。即使面對的是使者，他也沒有在這裡忤逆本家的氣概。

「您謙虛了。這樣的應對頗為高明。希望星期五也像這樣不會發生無謂的糾紛，麻煩您好好安排了。」

「請交給我吧。」

「好的。那我告辭。」

花菱兵庫滿意點頭之後，準備離開總部長室。

「……方便請教一個問題嗎？」

龍郎略顯躊躇地在後方叫住兵庫。

「什麼事？」

兵庫淺淺一笑，轉身回應這個聲音。

龍郎的視線從兵庫移開。

兵庫沒開口催促龍郎。

秒針大約走半圈之後，龍郎終於甩開猶豫開口。

「本家打算怎麼處理那孩子？」
「您說的『那孩子』是？難道是達也大人嗎？」
大概是內心的糾結妨礙喉嚨與舌頭的動作，龍郎只有嘴唇發抖，無法回答兵庫的問題。
「天曉得？我是新加入的晚輩，猜不透當家大人的想法。」
恭敬的語氣背後藏著「你比我這個晚輩還不如」的蔑視。龍郎之所以怒形於色，就是敏感察覺這一點。
「而且達也大人是四葉家下任當家大人的未婚夫。他的職責應該不是龍郎閣下要操心的。」
「我……我是那孩子的父親！」
龍郎音量增加，不知道是因為父子親情被瞧不起，還是承受不了屈辱。
「我知道。所以呢？」
無論是哪個原因，兵庫也完全不理會龍郎的說詞。
「深雪大人確定是下任當家，達也大人成為她的未婚夫，所以龍郎閣下的職責結束了。這不是好事嗎？」
「你……你說這什麼話……」
「龍郎閣下討厭達也大人吧？您已經不需要表現出父親的模樣了啊？」
龍郎完全無法對兵庫回嘴。

「然後，容我忠告一件事。深雪大人是您的女兒，但達也大人不是。達也大人真正的母親是當家大人。達也大人真正的父親，也不是龍郎閣下您。」

這是真夜為了讓達也成為深雪未婚夫而想出來的設定。

但是這個設定如今成真。

「若是龍郎閣下一直以父親身分對達也大人灌注愛情至今，本家應該也會尊重兩位的羈絆。但是您一直疏遠達也大人。現在的關係肯定也是您所期望的。」

龍郎找不到反駁的話語。

他無法否定兵庫這番話。

◇　◇　◇

包圍第一高中的媒體群，在下午課程結束時減少許多。大約是巔峰時段的一半。

不是放棄採訪。是ＦＬＴ女職員警告「在第一高中鬧出問題就禁止參加托拉斯．西爾弗記者會」的成果。

反過來說，就是沒屈服於警告的記者與播報員將近半數。但也可能只是不少人沒收到指示。

而且即使減半，人數也足以令學生害怕。

這次群聚在第一高中的記者沒有魔法師。能使用魔法的一高學生害怕不能使用魔法的「普通人」很奇怪……抱持這種感想的「普通人」應該不少吧。

確實，如果來硬的——如果訴諸暴力，一高學生可以輕易驅離媒體群。但是這麼做的結果，他們將成為罪犯遭社會排擠。即使奇蹟地僥倖沒被問罪，也能輕易想像他們未來遭到世人懼怕、厭惡與排斥。

一高學生理解自己只能在人類社會活下去。所以害怕「筆桿的暴力」會摧毀他們身為社會一分子活下去的未來。

「不能強行突破對吧。」

「香澄，請不要危言聳聽。」

「所以我不就說不能這麼做嗎？」

香澄回應泉美之後，再度看向校門外。

她們位於校舍前院入口處，往前是直通正門的道路。為了避免被記者發現，她們躲在並排的樹木後方觀察校外。

「這……啊，深雪學姊。」

察覺深雪從校舍走出來，泉美停止和香澄對話。香澄就這麼繼續監視媒體，躲在兩人背後提心吊膽觀察校外的詩奈，聽泉美這話而回頭看向校舍。

「深雪學姊，怎麼樣？」

深雪帶著水波。泉美看兩人朝她接近到可以正常交談的距離時這麼問。

「很可惜，校長想避免警方介入的樣子。」

深雪回答泉美的語氣，與其說是「可惜」更像是「果然」。這意味著校方不打算應付媒體。

「那麼，只能乖乖被媒體逮住嗎……？」

詩奈一臉像是快哭出來的表情，向深雪訴說不安。

「我想，媒體應該也不會做出粗魯的舉動就是了……」

深雪的語氣欠缺自信。「正常」的記者不會動用暴力，但是不保證記者之中沒混入反魔法主義的狂熱信徒。

「深雪。」

橫越前院接近過來的穗香呼叫深雪。雫與幹比古跟在她身後。

「穗香，後門那邊怎麼樣？」

「不行。很多人埋伏，應該沒辦法安全通過。」

「還有好幾個看起來不是善類的傢伙混進去。最好避免走後門。」

穗香的回應由幹比古補足。

雫像是證實幹比古這番話般點了點頭。

「會長。」

和穗香等人相反的另一個方向，社團聯盟總長五十嵐以及十三束、琢磨，還有應該和社團聯盟無關的侍郎接近過來。

「五十嵐總長。」

聽到五十嵐聲音的深雪轉過身來。

即使是這種時候，五十嵐還是僵住了。

十三束對於深雪美貌的抗性比五十嵐高，所以他代為開口。順帶一提，看起來最鎮靜的不是十三束或琢磨，是侍郎。侍郎從一開始就沒看深雪，跑到詩奈身旁關心她的狀況。

「已經通知所有社團停止活動，要他們以隨時能回家的狀態待命。」

十三束報告之後，深雪回應「辛苦了」做為慰勞。

「可是會長，怎麼辦？就算所有人同時放學，應該也會有學生被逮到……乾脆動員運動社團的男生拉人牆嗎？」

「七寶學弟，不能用男學生當『人牆』。這樣是性別歧視喔。」

深雪溫柔勸誡琢磨「歧視男生」的這個點子。

此外，雫大概認為琢磨的提議是個「好點子」，對深雪這番話露出不滿表情。

不支持琢磨提議的人似乎也沒有別的點子，看向深雪尋求指示。

前院通往校門的林蔭步道入口，從校門看過來位於樹木後方的前院角落，深雪承受同學與學弟妹們就某方面來說不負責任的視線，露出像是嘆一口氣的表情。

這張表情與其說是對他們覺得不滿，不如說是表現「無可奈何」的死心想法。

「……我去說吧。」

「深雪學姊去說？」

泉美發出帶著哀號的驚叫聲。

「嗯。我去求媒體讓我們回家。」

「這樣很危險！」

「我也反對。」

雫跟著泉美阻止深雪。由於不像泉美那麼激動，所以雫的制止具備說服力。

「其實我也不願意，但是總不能就這樣束手無策吧？因為我是學生會長。」

「可是深雪和達也同學的關係特別。」

「是的。某方面來說，我也是正因如此才得出面。」

「相反喔。」

「相反？」

「妳原本是達也同學的妹妹，現在是未婚妻，這種事一查就知道。這對媒體來說並不難。」

雫難得多話。

或許是因為深雪表示要面對媒體，令她懷抱如此迫切的危機意識。

「妳知道這非比尋常吧？一個不小心的話，會變成不只是妳一個人的問題。」

「……意思是說可能會傷害魔法師整體的形象嗎？」

「以最壞的狀況，這種可能性不是零。」

深雪明顯壞了心情。因為雫這番話就某方面來說，是衝著她和達也的婚約。

雫也察覺到這一點，卻沒有退讓的意思。

反倒是旁觀的穗香與幹比古不知所措。

「我能理解深雪的責任感。不過這次別這麼做比較好。」

雫的父親北山潮是大企業集團的老闆。達到潮這樣的層級，媒體也會有所顧慮，鮮少進行露骨的攻擊。即使如此，還是會隨時注意應付媒體。

大概是因為即使不是全部，雫也一直看著這樣的父親至今吧。她比在場所有人都肯定媒體力量的恐怖。

「就算這麼說……」

也不能就這樣什麼都不做。

深雪接下來肯定想這麼說吧。

不過，她不經意看向媒體群後方，就這麼僵住。

「……深雪學姊？」

即使泉美呼叫，深雪依然就這麼睜大雙眼愣著。泉美的聲音沒傳入她的意識。

所有人覺得不對勁，往深雪注視的方向轉頭。大概是因為注意力集中，深雪以外的人也看見自動車正在接近。

「該不會……？」

穗香輕聲說。

正在接近的是誰？知道答案的已經不只她一人。

忽然間，深雪想跑向校門。

但是水波從後方抓住她的手。

深雪回神轉身。剛才忘我的她，雙眼取回自制的光芒。

深雪朝水波微笑，水波放開深雪的手，行禮致意。

深雪以沉穩的腳步往前走，水波隨後跟上。

穗香與雫、香澄與泉美、詩奈與侍郎各自轉頭相視，跟著深雪與水波前進。

最後面是很可惜沒人配對的幹比古。十三束與琢磨留在前院，沒走上林蔭步道。

另一方面，集中駐守在校門附近的記者、播報員與攝影師們，察覺電動自動車接近而讓路。

最近的警察喜歡以妨礙交通為理由逮捕，加上這雖然是輕罪卻是明確的違法行為，所以媒體也難以抱怨。

而且運氣好的話，或許可以趁著車子進門入侵學校。他們也打著這種算盤。

電動自動車停在校門前。

緊接著，深雪等人停在校門不遠處。

注意深雪他們的記者與播報員是少數例外。

下車的人影在媒體群之間引發騷動。

「……為什麼……？」

深雪吞下「哥哥」這兩個字，只輕聲說出「為什麼」。

從電動自動車駕駛座現身的是達也。

「是司波達也先生吧？」

對於報導相關人士來說，達也今天出現在這裡也完全出乎他們的預料吧。

身穿第一高中制服的達也不只沒喬裝，連帽子都沒戴。

前來採訪達也情報的記者們肯定不會認錯。即使如此，率先詢問達也的播報員語氣依然是半信半疑。

「沒錯，有什麼事？」

反觀達也的回應冷靜沉著。語氣自然，甚至沒給人裝蒜的印象。

「……你真的是托拉斯．西爾弗嗎？」

達也擺出像是不記得要接受媒體採訪的撲克臉，播報員瞬間畏縮，卻立刻重新振作，發揮天生的厚臉皮特性。

「我想已經通知過各大媒體了。」

達也的回答既非肯定也不是否定。

「星期五會在ＦＬＴ總公司舉行托拉斯．西爾弗的記者會。有疑問請在記者會中提出。」

達也不只是對遞出麥克風的播報員這麼說，他的聲音傳得很遠。

傳到媒體群的最後一列。

傳到緊閉的校門另一側。

「他說記者會？這還真是鐵了心……」

幹比古輕聲說。聽不出他的語氣是佩服還是傻眼，恐怕是各半吧。

深雪睜大雙眼，單手摀嘴，站在原地不動。

達也看向深雪。不必聽到幹比古的聲音，他就發現站在門後的深雪等人。

「請讓路。」

達也向堵在校門前的記者們如此要求。聲音不凶狠也不響亮，完全沒有威脅或壓迫。

即使如此，擋住他去路的記者與播報員們依然踉蹌般後退。

少數人似乎覺得自己的軟弱可恥，漲紅臉擋在達也前方。

「可以認定你就是托拉斯・西爾弗吧？」

「您是哪位？」

達也以不帶情感的這個問題，回應對方的斷定。

「啊？」

他的問題看來出乎記者的預料。

但是對方露出脫線表情數秒後，驕傲報上某間大報社的名字。

「這樣啊。如果不是自由記者，肯定已經從公司那裡聽到了。」

「聽到什麼？」

這名記者看起來三十歲左右。比他小十歲以上的少年不改從容態度大概引起他的不滿，記者像是找碴般反問達也。

回看記者的達也雙眼別說不耐煩或憤怒，甚至沒浮現輕蔑或憐憫。真要比喻的話，像是看到路邊小石頭的眼神。

承受這樣的視線，記者不是惱羞成怒，而是畏懼。記者像是看到詭異的不同種生物般看向達也。如果遭遇基本上無害，酷似人類卻明顯和人類不同的外星人，人們肯定會是這種眼神。

「若是第一高中的學生投訴採訪相關事宜，將會謝絕該報導機構參與托拉斯・西爾弗的記者會。FLT肯定這麼通知過。」

媒體群激起慌張的漣漪。看來這裡的記者有一半沒聽過達也現在說的這件事。

「只有四天。只不過多等這點時間，我想不算是侵害報導自由。」

記者並不是接受達也的說法。

也不是語塞無法反駁。

記者的叫喊，因為更大的爆裂聲而不了了之。

這聲爆裂聲是槍聲。

媒體群裡的女播報員放聲尖叫。

剛才逼問達也的記者跌坐在地。如果達也躲開子彈，中槍的就是他。他察覺這一點而腿軟。

達也背對記者。他像是掉格影片般瞬間轉身，「抓住」子彈。

達也將緊握在胸前的左手張開。手槍子彈從手中落下。

就在達也身旁的播報員瞠目結舌。斜後方的記者發現達也不是空手，而是雙手都戴著黑色手套，卻沒有因而免於驚訝。即使達也戴著高性能的防彈手套，光是這樣也抓不到子彈。

記者、播報員與攝影師形成的人牆裂開。他們狼狽大喊，相互推擠，想逃離躲在人群裡的暴徒所持手槍的射擊路徑。也看得到幾個媒體人沒站穩摔倒，被同行或競爭對手又踢又踩。

暴徒看都不看媒體相關人員一眼。

帶著血絲的雙眼只瞪著達也。

握緊手槍，瞄準達也。

槍聲連續響起。

射來的子彈，達也悉數抓住。

不用多說，其中暗藏玄機。

達也使用分解魔法，不是將子彈本身，而是將子彈前進的動能（的方向）全方位分解。

話說，再怎麼分解作用力，施加在目標物的依然是總作用力。手掌接子彈受到的打擊並沒有減少——以物理學來說是如此。

不過到頭來，子彈射過來的時候，不施加外力就分解子彈動能的「現象」不具物理性質。將子彈動能分散的這個「情報」，不只是傳達到目標物，也傳達到沒有作用對象的空間。結果就是子彈在幾乎靜止的狀態被達也的手掌接住。

不過這是只有魔法師感受得到的原理。「抓住子彈」不只是在物理上不可能，更不是人類做得到的行為。躲在媒體群的反魔法主義恐怖分子目擊這一幕造成心理恐慌。

即使滑套往後拉之後就這麼回不去（也就是沒子彈了），他依然舉槍瞄準達也不斷扣扳機。

這明顯是失去判斷力又破綻百出的狀態，但是達也沒要壓制恐怖分子。彷彿刻意讓記者與播

報員看見他受到襲擊。

達也雙眼看著毫無意義扣扳機的小丑，但他的注意力分割出來提防共犯。只是無論等多久，都沒有同伴現身的徵兆。

看來是單獨犯案。達也如此判斷之後，朝恐怖分子踏出一步。

這名男性發出奇妙的叫聲。大概是哀號，但是沒看見這名男性的人，或許會誤認是野狗的遠吠。更正，是「敗犬的遠吠」。

達也以正常走路的速度踏出第二步。

男性將沒子彈的手槍扔向達也。

達也無須閃躲，手槍從他的臉旁邊經過。

恐怖分子發出比剛才稍微像人類的叫聲，右手伸入口袋取出短刀。是握拳之後刀刃朝向前方，俗稱「推匕首」的刀子。不用說，隨身攜帶這種刀子當然違法，不過想到他還裝備手槍就覺得事到如今無須多提。

即使刀刃很短，也是足以殺人的武器。但是達也一副完全無視於刀刃的樣子，踏出第三步。只要再踏出一步，就進入伸手碰得到彼此的間距。

踏出最後一步的是男恐怖分子。推匕首刺向達也的腹部。

達也對於他不是攻擊臉部感到意外，同時以左手抓住他的右手腕，先往右拉再往左推。

男性一下子就失去平衡，摔個四腳朝天。

第一高中聘僱的警衛終於從崗哨現身，稍微開門鑽出門縫。

終究沒有沒品的媒體人試圖從門縫入侵學校。

警衛趕了過來。

達也在警衛抵達為止，踩著對方握著推匕首的右手。

媒體群像是現在才想到般議論紛紛。

「剛才有魔法嗎？」「沒反應。」

這種內容的對話，以不同形式的用詞從各處傳來。

他們驚訝於達也沒使用魔法就壓制暴徒。

達也在接子彈的時候使用魔法，但他們持有的感應器偵測不到達也的魔法。

魔法師不使用魔法就抓住手槍子彈，毫髮無傷抓住持刀男性。

記者、播報員與攝影師，都愣在原地不知道該如何理解這件事。

達也趁機鑽過校門，帶深雪與水波出來。

他讓兩人坐進後座，自己坐在駕駛座開車。

媒體群反射性地向後跳離車頭。

「……哥哥，您什麼時候考到駕照的？」

肯定有很多問題想問，但深雪首先詢問的是這個比較不重要的問題。

即使在這個時代，考汽車駕照的條件也是滿十八歲以上。但是和以前不一樣有後門可走。如果認定是工作所需，再加上事業主的擔保，汽車駕照就可以和機車駕照一樣，在義務教育結束的時候考取。例如克人就以「十文字家經營的土木建設公司業務所需」為名目，剛就讀第一高中就考取普通車種的駕照。這張駕照是用在駕駛，同車的乘客不需要。只不過，檢定測驗比通常的駕照困難許多。

達也沒使用這個特例。他以托拉斯．西爾弗的身分工作是祕密（或許該說現階段是祕密），所以無法滿足「事業主的擔保」這個條件。

「剛搬到伊豆就考了。汽車果然在很多時候比較方便。」

「我一直不曉得……明明可以先告訴我的。哥哥好見外。」

「哈哈，抱歉。」

深雪可愛地鬧彆扭，達也轉身簡短道歉。車輛正在自動駕駛才做得到這種事。

這段平凡無奇的互動，終於讓深雪心情放鬆下來。

「……您為什麼來接我？不惜冒著在媒體面前曝光的風險……」

「因為我覺得妳以學生會長的身分為由，為一些不必操勞的事情操勞。我不忍心讓妳為這種無聊的事情增加負擔。」

「哥哥……」

深雪「一如往常」露出陶醉表情，水波不自然地收起表情。

「所以，您真正的目的是什麼？」

深雪以微醺般的聲音，詢問達也真正的用意。

水波露出吃驚表情眨了眨眼。她沒想到深雪居然懷疑達也話語背後有別的意思。

「真遺憾，我可沒說謊。」

一反字面上的心情，達也的聲音在笑。

「但是不只這個原因吧？」

深雪的聲音也帶著笑意，卻不想被敷衍的樣子。

「我意圖警告媒體。要是今後繼續毫不客氣到處調查，就不能進行重要的採訪。另一個目的是讓他們見識到我不怕媒體。不過我最主要的用意，始終是解決今天第一高中遭遇的困境，減少妳的負擔。」

「……知道了。我就這麼理解吧。」

深雪言外之意告知「我可沒接受喔」，暫時收起矛頭。

◇◇◇

正如達也的計畫，包圍第一高中的媒體群消失了。雖然稱不上是「迅速」撤退，不過達也的電動自動車離開約三十分鐘後，記者或播報員全部打退堂鼓。

也沒有記者假裝離去卻躲在暗處，像是攔路殺人魔一樣纏住路過的一高學生強行採訪。第一高中的學生（不只學生，也包括職員）沒被媒體騷擾就順利放學。

看來，「列入托拉斯．西爾弗記者會黑名單」的威脅果然有效。

送深雪回到調布的新家，從監視一高的人員那裡確認媒體群離開之後，達也回到伊豆。派人監視第一高中的不是達也，他只是有管道從安排監視的人那裡取得情報。

回到伊豆的達也，和早一步到別墅等待達也回來的情報提供者在客廳面對面。

「兵庫先生，今天各方面也辛苦你了。」

「屬下才要說達也大人辛苦了。」

相對於坐在椅子上的達也，兵庫就這麼站著。當然不是達也要他站著，只是兵庫堅持不肯坐下。此外達也以名字稱他為「兵庫先生」不是因為交情變好，是為了和同樣擔任四葉家管家的兵庫父親做個區別。

「不，我只是去接深雪而已。啊啊，暴徒的情報也謝謝你提供。」

這裡說的暴徒情報，是指朝達也開槍的恐怖分子。老實說，達也早就從兵庫那裡得知暴徒混入湧向第一高中的媒體群。

「您覺得那樣可以嗎？」

「這個嘛，暴徒只有一人出乎我的意料就是了。」

「為了避免流彈傷到深雪大人，屬下預先減少暴徒人數……這麼做是多餘的嗎？」

「原來預先減少了啊，原來如此……不，我認為這個判斷很妥當。」

「不敢當。」

兵庫單手按著胸口行禮。

「看到達也大人遭受槍擊，媒體之間看起來也有點慌了。屬下接到報告，他們內部也開始出現不同的論調，沒想太多就把反魔法主義者與武裝恐怖分子劃上等號。」

「看來，稍微不枉費我故意讓他開槍了。」

「對於不熟悉槍的民眾來說，即使受害者是仇敵，有人遭槍擊的光景也很震撼。尤其這次達也大人是維持子彈的原形接住，想必留下更強烈的印象。屬下認為這份影響今後將逐漸滲透。」

「當時我受傷比較好嗎？」

「是這樣沒錯。不過達也大人流血會害得深雪大人難過，屬下認為最好不要。」

「確實。如果深雪氣到魔法失控，就是反效果了。」

達也稍微失笑，兵庫閉上雙眼微微行禮。

如兩人所說，達也是故意讓對方開槍射他。恐怖行動本身不是造假，但如果沒有襲擊計畫，兩人也可能自導自演。

「如果纏著魔法師，可能會被反魔法主義者的襲擊殃及。依照當初的預定，只要讓他們理解到這一點就夠了。」

「屬下認為這個警告已經傳達了。也預定暗中安排媒體寫報導，宣傳反魔法主義者是可恨的恐怖分子。」

「交給你了。」

「遵命。」

再度按著胸口鞠躬的兵庫露出愉快表情。大概是策劃實行幕後工作很有趣吧。

◇　◇　◇

在伊豆，除了達也暫住的別墅，四葉家還擁有另一份房產。深夜在別墅靜養時，在不打擾她的範圍守護她的獨棟小屋。

深夜擁有在四葉也獨一無二的特殊魔法天分。即使因為過度行使魔法導致無法充分發揮魔法師的能力，也可以預期有歹徒想獲得她的特殊基因企圖綁架。這間小屋就是用來防止這種事情發生。

實際上，企圖綁架深夜的襲擊發生過三次，而且全部擊退，所以蓋這間小屋不是杞人憂天。不過深夜死後，這間小屋也和別墅一樣只有定期維護，基本上沒在使用。

別墅從前幾天由達也入住，小屋也久違獲得使用的機會。

「大小姐，家具與器具備品都毫無問題準備齊全。」

「辛苦了。」

大方點頭的是四葉分家之一，津久葉家的長女——津久葉夕歌。

「行李放好就立刻進行吧。」

艾德華與雷蒙德發動情報戰。為了應付這對克拉克父子，達也和真夜共進午餐討論的當天傍晚，夕歌來到這間小屋。她當然不是來玩的，是要完成四葉家當家交付的任務。

真夜交付給津久葉家的工作，是在達也暫住的別墅建構驅離媒體的「驅人結界」。這種術式是古式魔法的擅長領域，原本不適合由現代魔法進行。但是津久葉家在四葉一族之中尤其擅長精神干涉系魔法，能以威力較差卻能延長持續時間的條件發動型魔法，架設不輸給古式魔法術士的結界。

抵達監視小屋的時間是黃昏，因此結界鋪設完畢的時候已經夜幕低垂。即使能使用魔法也不代表晚上看得清楚。夜視是不同於魔法的技能。

「大小姐，那邊有可疑人物。」

「咦，哪裡？」

所以夕歌沒發現這個人影，也可以說是在所難免。

「……啊啊，是那個人。看來在偷看達也表弟住的別墅。」

這個可疑人物身穿融入黑暗的深藍色上衣與長褲，脖子掛著望遠鏡。從他站的場所來看，應該如夕歌所說是來調查達也的動向。

說到夕歌部下為何至今才發現這名男性，是結界完成的影響。由夕歌指揮建構的結界能干涉思考能力，讓外人無法認知達也暫住的別墅。原理和周公瑾或陳祥山使用的「鬼門遁甲」相同。

雖然肉眼正確捕捉，意識卻認為沒看見。

那麼，如果有人在結界完成之前都一直監視別墅，結界會對他造成什麼影響？他會覺得別墅突然消失，難免一時大意沒能隱藏氣息。

反過來說，要不是這名可疑人物慌張起來，他的能耐足以一直藏身，不讓夕歌他們發現。

「抓住他。不可以殺掉，也別讓他受重傷。」

「遵命。」

夕歌身旁的魔法師，留下一名護衛之後在黑暗中散開。

「反正達也表弟已經察覺了吧……」

夕歌看向達也所住別墅的方向。從窗戶透出的燈光，讓別墅浮現在黑暗之中。

達也不可能沒察覺自己被偷看，應該是判斷沒有實際的危害而置之不理。或者是覺得即使抓到對方，後續處理也很麻煩。

這名男性躲在別墅的用地內。這裡周邊一大片區域都是四葉家（正確來說是四葉家暗中支配的不動產公司）的私有地。不過沒有刻意設置柵欄之類的東西。即使以非法入侵為藉口逮捕，要是對方豁出去說自己沒發現，恐怕會被反控行為過當。

「……應該是想把麻煩事塞給我們吧。」

不只是可疑人物，達也肯定也已經察覺夕歌等人的存在。

大概是認為不必弄髒自己的手處理這種貨色吧。

遠房親戚不可愛的臉孔浮現在腦海，夕歌嘆了口氣。

◇　◇　◇

「當家大人，結界順利建構完畢。」

『辛苦了。』

夕歌偵訊可疑人物完畢之後回到小屋，打電話向真夜報告。

「此外，我們發現歹徒監視達也表弟，所以抓回來偵訊。」

『哎呀……』

真夜稍微睜大雙眼，但嘴角上揚成為微笑的形狀。

『查出身分了嗎？』

「是富田家的術士。」

『百家的富田……記得他們的地位算是魔法協會專屬家系。』

「是的。他來監視達也表弟，也是魔法協會唆使的。」

『是喔……』

真夜露出豔麗的笑容緩緩點頭。

夕歌感受到背脊凍結般的寒氣，但勉強維持和順的表情。

「富田家的術士供稱沒有危害的意圖。看來魔法協會認為達也學弟要銷聲匿跡。」

『這樣啊。』

「我們已經拘留術士，您意下如何？」

『放他走。也不必處理記憶。』

「……可以嗎？」

『嗯。我們四葉家絕對不會拋棄自己人。但願魔法協會想起這一點。』

——睜眼說瞎話。

夕歌忍不住在心中低語。沒說出口還算是懂得分寸。

只要回想起達也直到去年的境遇，就不能說她這個感想不妥當。

不對，不只是往事。和十文字家當家的決鬥，夕歌認為是達也身為四葉家下任當家的丈夫非得獨自面對的戰鬥。但是四葉家對於陸軍情報部的謀略沒採取實質的對抗手段，夕歌覺得相當無情。

『報告結束了嗎？』

「有一件和任務無關的事。」

聽到真夜詢問，夕歌像是完全沒有多想其他事情般立刻回應。夕歌這種精神上的堅韌度，在昔日的四名下任當家候選人之中首屈一指。

『沒關係，說吧。』

「達也學弟身上施加的封印消失，家母表示掛心。」

『形容成「掛心」挺客氣的。』

即使真夜打岔消遣，夕歌也沒反駁。

夕歌的母親冬歌對自己的魔法技能感到驕傲。任何魔法師都有這一面，但她尤其顯著。只要知道這一點，即使不是真夜，也輕易猜得到冬歌會因為誓約被破解而歇斯底里。

「當家大人認為不成問題嗎？」

夕歌直接詢問真夜的真意代替反駁。

『是說將「誓約」解咒的這件事嗎？這個嘛，我不認為完全沒問題……不過，這也已經沒辦法了吧？』

「沒辦法是嗎……」

真夜的回答出乎夕歌的意料。

『雖然早就知道從原理來看可以解咒，卻猜不到達也不惜讓深雪暴露在危險之中也斷然實行吧？』

「嗯，是這樣沒錯。」

依照「誓約」的系統，將魔法本身消除，維持術式至今的深雪預料將受到重創。達也敢冒這個風險確實出乎意料。

『而且，已經沒辦法重新對達也施加「誓約」了。』

夕歌不得不認同真夜的指摘。

「誓約」不只是對受術者，也對維持術式的人造成沉重的負擔。不只是解咒時的反作用力。

在「誓約」運作的狀態，平常總是持續削弱術式維持者的魔法技能。

現在的達也不可能容許這種讓深雪魔法技能減弱的魔法。

『執著於做不到的事情，只算是逃避現實喔。』

真夜的這段發言，是對於「誓約」被破解而氣急敗壞的夕歌母親，進行披著大眾論點的辛辣批判。

「說得也是……在下認為您說得沒錯。」

理解這一點的夕歌如此回應，並不是因為階級關係逼她這麼做，而是她接受「逃避現實」這四個字。

四葉分家之一，新發田家的下任當家——新發田勝成，表面上的職業是防衛省事務官。勝成的魔法戰鬥力極高，從事的業務卻不是親自使用魔法戰鬥，而是研究魔法應該怎麼利用在戰鬥。

南美、非洲、中亞接連爆發大戰，不過東亞、西太平洋地域從前年秋天一直處於小康狀態。託福防衛省的職員在這段時期也可以比較早下班。

托拉斯·西爾弗的真實身分在媒體引發大騷動（和魔法很難搭上邊的一般市民沒視為太大的話題）的隔天，勝成下午七點前離開辦公大樓，不是回家，而是前往東京都心的飯店。雖然不是名聞遐邇的一流等級，卻是以美味餐點與嚴謹保全獲得商務人士讚賞的飯店。

他很快就在指定的餐廳找到約見的對象。話是這麼說，不過這間餐廳是包廂式，只要沒找錯房間當然立刻就找到。

「嗨，抱歉找你過來。」

和勝成父親同年代，身穿西裝的平凡男性。在知道對方真實身分的勝成看來，也只是普通的商務人士。

「別這麼說，畢竟家父時間上不方便配合。派代理過來有失禮節，請見諒。」

「不不不，當天突然要求見面，提出這種沒常識要求的我才有錯。要道歉的是我。」

「感謝您願意這麼說，黑羽先生。」

如勝成現在所說，和他約見的對象是同為四葉分家之一，黑羽家的當家──黑羽貢。

勝成在貢的催促下就座。

貢也同時坐下。

剛才帶勝成來包廂的服務生來到桌邊。

貢與勝成只點了酒與簡單的下酒菜就讓服務生離開。

「那麼……」

貢重新坐好，上半身稍微前傾。

「今天請你過來不為別的，我想討論他的事情。」

「達也表弟嗎？」

貢含糊使用「他」這個第三人稱，但勝成很乾脆地說出達也的名字。

貢沒有因而蹙眉掉以輕心。

「沒錯。昨天，托拉斯．西爾弗的真實身分終於廣為人知，不過勝成你有什麼想法？」

「艾德華．克拉克提到托拉斯．西爾弗這個名字的階段，就無法避免這個結果吧。四葉家不樂見這種事，但我不認為達也表弟有責任。」

勝成的回答不符合貢的期待。

「不過到頭來，如果他沒就讀第一高中，而是安分待在本家，不覺得就能迴避這種事態嗎？艾德華．克拉克的『狄俄涅計畫』明顯不只是衝著托拉斯．西爾弗的實績，還把他去年春天進行的恆星爐實驗放在心上。」

勝成搖頭回應貢的這番話。

「達也表弟就讀第一高中，不是他自己的意願。依照四葉家的『守護者』制度，他無法避免這麼做。」

「你或許不知道，橫濱事變之後，當家大人命令他在本家閉門自省。但他抗拒這個命令，繼續就讀第一高中。如果他在那個時間點從幕前舞台消失，肯定就不會被人盯上。」

「不。或許形式會改變，不過從達也表弟使用『質量爆散』的時間點開始，他被拖到國際政治的『幕後舞台』就只是時間的問題。而且那個時候無法選擇不使用『質量爆散』。要是沒有那個魔法，日本將會損失慘重吧。」

「是這樣嗎？九州還有八代家。如果是海戰，五輪家也會出馬吧。僅限於海面戰鬥來說，即使沒有澪小姐的『深淵』，五輪家也會成為強大的戰力。大亞聯盟是強敵，但我不認為沒有『質量爆散』就會輸。」

「即使如此也一樣。即使如此，在那個局面也無法選擇不使用『質量爆散』。戰爭不是打贏就好，同樣的，也不是沒輸就好。要是國土遭到蹂躪，下一場戰鬥能投入的戰力就會相對減少。補充戰力需要時間，為此必須耗費的不只是時間，還有經濟力。看過『質量爆散』重創大亞聯盟的後續狀況，肯定能明白這個道理。」

貢沒反駁。這種程度的事，他不用聽別人說也知道。

「今後他的魔法依然在國防上不可或缺。我理解你這個想法了。那麼，我們更不能把他交給美國。」

貢換個進攻方式。

「是的。」

勝成只回以這句肯定。

「那麼，不是應該將他保護在四葉家的深處嗎？只要對外說他猝死，USNA政府也會死心吧。」

首次得到贊同的貢，順勢提出下一個主張。

「只要宣稱他被人類主義者殺害，也能減輕輿論抨擊魔法師的力道。」

「說得也是。」

「那麼……」

「黑羽先生。」

貢企圖整合分家的意願，要求真夜監禁達也。不過勝成以堅定的語氣，打斷貢試著逼他共謀的話語。

「我曾經無法理解各分家的當家們為何對達也表弟抱持過剩的敵意。」

勝成使用「曾經」這個過去式。貢在這個階段已經理解他的意思。

「所以前幾天，我向家父確認過。雖然他遲遲不肯坦白，最後還是告訴我了。」

「……這樣啊。」

這件事原本說好只藏在貢他們的心裡。但是貢無心責備新發田家當家的說詞。

不，形容成「無法」應該比較正確。因為即使對方是達也本人，率先洩密的也是貢自己。

「黑羽先生，我無法贊同家父與您。敵視達也表弟是錯的。」

包廂外傳來服務生的聲音。

兩人暫時中斷對話，看著服務生擺好冷酒的玻璃杯離開包廂才繼續談。

「不過，那個人很危險。」

「單獨一人就擁有毀滅世界的力量。單一掌權人擁有毀滅世界的按鈕。單一政府擁有毀滅世界的戰力。這三者，尤其是前兩者與後者的性質看似不同，本質卻相同。再怎麼民主的國家，戰力都處於隨時能行使的狀態，否則戰力的存在就沒有意義。因為要是在進行民主程序的時候，國家本身就已經毀滅，那麼保持戰力也沒有意義。『文人統治』是用來牽制掌權者，讓掌權者知道一旦恣意動用軍隊就會垮台，也可以阻止已經行使的戰力繼續運作。無論在何種場合，即使是純粹的自衛，也沒有任何制度能在事前完全阻止戰力的行使。」

「就算這麼說，即使只有牽制的作用，比起完全沒有，有個制衡機制還是比較好吧？」

「您說得對。所以不能讓獨裁者擁有大規模毀滅性武器。軍事力應該交由文人統治。不過，黑羽先生，即使是以民主選舉選出的掌權者，也可以隨時轉動戰略核彈的發射金鑰。因為即使金鑰分成好幾把，掌權者也是以選舉人的支持撐腰，選出金鑰的擁有者。」

「……這是極端的論點。」

「您說達也表弟會毀滅世界，也是極端的論點。」

「既然你這麼說，那麼獨裁者使用大規模毀滅性武器也是極端的論點吧。」

「不。獨裁者就是因為組織內部沒人試著阻止，才會成為獨裁者。這和單一的個人不同。單一個人的內心無法介入。單一個人以何種想法做出何種決定，別人都無法阻止。但如果這個人不是獨裁者，就能以外力阻止他。可以牽制他，讓他打消念頭。也可以說服他。」

「……你的意思是說，比起獨裁者，單一個人更接近民主政府的掌權者嗎？」

「獨自活在世間，更正，自以為獨自活在世間的單一個人，應該比較接近獨裁者吧。不過，希望和別人一起活在世間的人，知道人無法孤獨活下去的單一個人，無法成為獨裁者。除非他自己想成為獨裁者，或者是被拱為獨裁者。」

「……」

「黑羽先生。不能讓達也表弟成為獨裁者。如果真的擔憂世界的未來，就不應該讓他孤獨。恕我失禮，但是您與大家想做的事情，我覺得只會造成反效果。不只是損害這個國家的戰力，甚至會損害這個國家的未來。」

「……這是你的想法嗎？」

「來到這裡的不是家父，是我。請從這個事實推敲吧。」

勝成起身離席。

「黑羽先生，請您務實行事。」

勝成對依然坐著的貢留下這句話之後，朝著琴鳴做好飯菜等待的住處踏上歸途。

◇　◇　◇

貢與勝成近乎不歡而散的這時候。

京都的魔法協會總部，協會會長十三束翡翠在房內辦公桌前抱著頭。

她的面前，又是ＵＳＮＡ刻意寄紙本過來的申請書。

內容主旨寫到艾德華．克拉克的訪日計畫，也希望安排他和托拉斯．西爾弗，也就是和司波達也面會。

「啊——真是的！這叫我怎麼做啊？」

翡翠歇斯底里朝著辦公桌桌面大喊。

「我早就知道該做什麼了！安排他和司波達也見面就行吧！」

翡翠就這麼抱著頭吐槽自己。她的思緒處於熬煮過頭燒焦在鍋底的狀態。

「我早就知道了……」

翡翠終於趴在桌上。

「可是我沒有這種權限啊……」

翡翠臉貼在桌面，嘆出又深又長的一口氣。

「要拒絕……根本做不到吧……」

翡翠倦怠地撐起身體。

「這週六……雖然很突然，不過另一件事更令我有不祥的預感。」

她看向放在邊桌的小型螢幕。螢幕上顯示最近的新聞一覽。

「托拉斯．西爾弗在前一天開記者會？偏偏在前一天？他究竟打算說什麼？」

絕對不是什麼好事。翡翠在內心如此斷定。

「為什麼剛好在我當會長的時候……」

她的頭再度下沉到桌面。

◇　◇　◇

夜晚九點多，真夜打電話給達也。

「抱歉這時候打給你。」

「不，承蒙姨母大人特地打電話過來，在下不勝惶恐。」

「不必在意喔。畢竟先前就說定了。」

先前確實說到由真夜確認東道青波方便的時間再連絡。但是真夜親自打電話過來就出乎達也意料。

「順利請東道閣下撥空了嗎？」

達也硬是藏起驚訝，以若無其事的表情詢問。

「嗯，沒錯。約在明晚七點見面。」

真夜露出像是看透達也內心慌張的笑容，卻沒有做出刻意指摘的討厭舉動。

「地點在哪裡？」

「九重寺。九重八雲先生會擔任見證人。」

達也這次真的藏不住驚訝心情。真夜像是「計畫成功」般輕聲發笑。

「……對不起。這件事連我都嚇一跳。原來你也會吃驚啊，我稍微安心了。」

「我很驚訝。沒想到會和師父扯上關係。」

「閣下和八雲先生好像是老交情喔。緣分真是不可思議。」

「在下也這麼認為。」

達也嘴裡很乾脆地回應，內心卻在大吃一驚的同時大為疑惑。

八雲是風間介紹給達也認識的。四葉的意志沒有介入。風間與八雲都直接對達也這麼說過。考慮到四葉家與獨立魔裝大隊，一〇一旅對四葉家——對十師族暗自懷抱的對抗心態，應該不必懷疑兩人的說法。

不過，如果將八雲和東道青波關係親近（不知道是哪種「親近」就是了）的情報加進來就另當別論。

達也與八雲不是師徒。最初引介認識的時候就這麼決定了。八雲始終是魔法格鬥戰的訓練對手，不會傳授任何東西。雖然接受詢問，但有時候不會回答。這是獲准拜訪八雲的既定原則。

即使如此，達也依然從八雲那裡學到許多東西。尤其是為了對抗寄生物而研究出來的「穿甲想子彈」，沒有八雲的協助就無法練成。

此外，即使「有問就答」的立場沒變，不過怎麼想都屬於「不能回答」的知識，八雲也傳授不少給達也。

達也一直以為這是八雲心血來潮使然。還不清楚八雲為人的時候，達也覺得八雲另有企圖，懷疑這是讓他和四葉家撕破臉，成為國防軍棋子的策略。不過和八雲來往久了，這種疑惑也隨之消散。

然而，該不會只是刻意讓達也這麼認為吧？

八雲是個不簡單的人物，不，是以達也的能耐無從抗衡的奇人。達也肯定早就知道這一點。即使如此，達也卻不知何時開始信賴八雲……

「那麼，在下明晚九點造訪九重寺。謝謝姨母大人。」

達也表面上如此回應真夜，背地裡就像這樣提高警覺。

[3]

雷蒙德·克拉克自稱「第一賢人」上電視的星期一當天，「托拉斯·西爾弗」真的成為人們感興趣的對象。不過大眾的好奇度到隔天就早早降低，到了今天星期三幾乎已經不在「一般人」之間成為話題。

在魔法界人士的圈子裡，托拉斯·西爾弗是無人不知的名人。

但是能以實用水準使用魔法的人口比例，在成人年齡層大約是一萬分之一。

只不過，某些人即使沒有實用水準的魔法技能，依然以技術人員、生意人、政治家、軍人或公務員的身分和魔法有交集，所以百分之九十九點九九的人們生活無法擺脫魔法。

最近，以反魔法主義的形式涉入魔法界的人們引人注目。

在治安、國防或防災方面間接受到魔法恩惠的國民也不在少數。

即使如此，大多數的人們還是過著和魔法沒有「直接」關係的生活。

魔法不是現代社會的必備要素。至少在可以和平生活的社會環境是如此。所以即使無罪的魔法師，更正，即使「不確定是否有罪」的魔法師遭受迫害，大眾也可以徹底漠不關心。不會對於自己的漠不關心抱持罪惡感。

即使自稱托拉斯．西爾弗的一名高中生即將被迫接受違反自己意願的未來，對於人們來說也只不過是新聞社會版的一則報導。

在達也造訪九重寺的這一晚，世間還處於這種局勢。

下午六點四十五分。搭乘自動駕駛通勤車的達也，在通往九重寺山門的階梯前面下車。沒人同行。單獨前來也是東道青波對達也開出的條件。

從通勤車下車的達也，像是做給別人看般緩緩觀察兩側。實際上，他故意採取顯眼的行動，就是在有人監視的狀況下做給對方看——也就是牽制之用，但他沒察覺有人監視的氣息。

跟蹤的氣息從不久之前，具體來說是即將抵達這座小山丘底下的時候就中斷，看來沒錯不可能是偶然。恐怕是八雲的徒弟，或者是八雲自己採取了某些措施。八雲不會將招待客人的工作（即使是不速之客）交給下手不知輕重的半桶水，所以達也判斷不必擔心這種事。

達也必須擔心的是自己。東道青波是政經界幕後黑手，即使是八雲，應該也不會干擾達也和這位「不能說的名人」面談，但是達也不確定。選擇這裡當成面談地點，或許是為了考驗達也。

考慮到這個可能性，達也提前十五分鐘抵達以防萬一。但若八雲認真起來，這種程度的時間是否足夠還很難說。唯獨不要乘興做得太過火就好……在內心這麼說的達也踏上石階。

說來可惜，達也的擔心成真。

石階走到一半，空間知覺突然錯亂。有人試著讓達也看見石階膨脹，更正，看見他自己縮小的幻覺。

達也知道魔法作用在他的意識。這種連續產生作用的性質是古式魔法特有的。現代魔法重視速度，相對的，持續施放魔法到生效為止的訣竅就疏於培養。

現在的達也眼中，現實的視野和幻覺的光景重疊在一起。這是因為達也以「術式解體」的要領抵抗試圖入侵精神的魔法式，同時讀取這個魔法式的記述內容。

即使是對精神——靈子情報體產生作用的魔法，魔法式同樣以想子情報體建構而成。達也沒有精神干涉系魔法的天分，但如果魔法是還沒發動完畢的魔法式狀態，他就可以防禦對方的魔法式，也可以干涉術式。使用在他身上的魔法，是花時間逐漸在目標身上產生效果的類型，如果不是達也，早就已經被幻影俘虜了吧。

但是幻影魔法對他無效。術士——八雲肯定也知道這一點。八雲不是天真到即使不管用也堅持使用相同手法的對手。既然確定幻術不管用，那麼接下來就是……

（——以實體攻擊。）

達也在心中低語。

同時，鋒利的氣流從兩側襲擊。

不是真空刃。是以壓縮成極薄的片狀空氣載著磨碎石粉高速發射的魔法。

石階兩側是開闊空間。別說樹木，連矮籬笆都沒有。在真的是空無一物的黑暗射來四把空氣刀，達也瞬間同時分解。

八雲的攻擊當然不可能僅止於此。即使沒認真起來，他個性也沒「善良」到只以幻術與空氣刀兩波攻勢就罷休。九重八雲就是這種人。

達也所在的石階不算長。今晚天空無雲也有月亮。一般來說即使在夜晚也應該看得見山門後方，但該處現在一片漆黑。

箭矢從這片黑暗射了下來。

沒聽到弓弦彈動的聲音。也感覺不到以魔法消音的氣息，或是發射箭矢的魔法氣息。可能是無聲射箭的技術，也可能是弓本身製作成不會發出聲音。

達也腦中一角思考這這種事，同時將主要的注意力集中在箭雨。

將箭矢視為集合體進行分解。

魔法實際產生作用之後，達也才終於察覺箭矢沒有實體。

（情報體偽裝魔法？）

不是單純的幻影。是欺騙用來「觀看」情報的視力，干涉情報體次元的幻術。和莉娜擅長的

「扮裝行列」同種類的魔法。

「以實體攻擊」的預測，被對方將計就計。

達也集中五感衝上石階。

前方有氣息在晃動。

大概是對於達也不是停下腳步，也不是警戒周圍慢慢前進，而是斷然突擊感到意外不已吧。

在這個戰場，達也首度掌握「敵人」的位置。

專注的聽覺，捕捉到衣服的摩擦聲。

專注的嗅覺，捕捉到滲入衣服的焚香味。

專注的視覺，捕捉到踏出黑暗的人影輪廓。

階梯的上方與下方。

位於下方的達也明顯處於不利態勢。

達也往上跳。

不怕失去踏腳處，和往下衝的敵人等高時踢腿攻擊。

敵人放低上半身，躲開達也的飛踢。

往前跳的達也就這麼越過對手，在石階著地。

這次是達也在上方。

然而達也是背對敵人毫無防備的狀態。

全神貫注的觸覺，捕捉到空氣的流動。

敵人的突擊從背後接近。

達也以「閃憶演算」發動移動魔法。

以「閃憶演算」發動的魔法規模小，威力也低。堪稱只有速度是可取之處。

但如果只移動短短六十公分，以「閃憶演算」的輸出強度也不成問題。

而且六十公分的距離，已經足以躲開敵人的拳頭。

敵人的立拳還沒往前突刺三十公分，達也的身體已經在兩階石階上方。

敵人的攻擊落空。

敵人再度往前踏的同時，達也已經轉身擺好攻擊態勢。

達也的手刀架在敵人脖子。

敵人——八雲的拳頭抵在達也側腹。

兩人的手都點到為止。

「師父，您的歡迎真粗魯。」

「時間差不多了。走吧。閣下已經在等了。」

達也看向手錶。數位錶面顯示時間是下午六點五十分。也就是說他走上石階至今只經過五分

鐘。

達也不認為自己在這短短的時間就能擊退八雲。

恐怕是八雲那邊調整過時間吧。

剛才的攻防，雖然受限於避免損害殃及周圍，但達也是拿出真本事。

不過八雲還有餘力注意時程。

達也稍微感到不甘心的同時，自覺和八雲還差得遠。

◇　◇　◇

達也身穿一塵不染的西裝進入主殿。因為八雲「惡作劇」而沾上的塵土，他應用「重組」的魔法去除。

八雲帶他進入深處房間。東道青波在面對內陣（中央深處祭祀正尊的房間）右側的邊房等待達也。

和寺廟相稱，一顆頭剃得光溜溜的。但身上穿的是高級訂製西裝。自然挺直背脊坐著的身影看起來肩膀很寬，下半身也很結實。雖然藏不住高齡造成的衰老，但年輕時肯定高大又魁梧。

另一方面，光頭往下到脖子的長相相當奇特。

灰色的粗眉毛與車輪眼。雖然不是眉清目秀的類型，卻是別具風格的臉孔。

只不過，發白混濁的左眼讓對方感受到異常的壓力。長相奇特的印象來自這顆左眼。

達也亦被這顆左眼吸引注意力。他立刻察覺到今年正月，正確日期是一月四日，在這座寺廟見過這名老翁。雖說見過，但達也只是看見正要離開的東道背影，當時東道轉身以發白混濁的左眼看向達也，兩人沒有交談。

「方便容在下請安嗎？」

達也坐在下位，先以低頭的狀態這麼問。

原本認為保持沉默到八雲介紹比較好，卻覺得這麼一來轉眼就會被對方的步調牽著走。

「我准。」

東道的回應如果出自別人口中，聽起來就像是走錯時代吧。但是東道的聲音配上這句話神奇地合適。

「初次見面。在下叫做司波達也，很榮幸見到您。」

「我是東道青波。四葉達也，我一直期待見你一面。」

東道對達也的稱呼不是「司波達也」，而是「四葉達也」。

依然朝東道低著頭的達也，聽到這句話也完全不為所動。

「抬頭吧。准你當面應答。」

達也聽命挺直身體。

維持這個狀態，視線沒有往下移，而是和東道四目相對。達也將「准你當面應答」解釋為這個意思。

東道本人與八雲都沒有出言責備這件事。

「我聽真夜說了。你好像想對我說明一些事。」

「是的。」

達也沒使用「方便給在下一點時間嗎」或是「方便撥空聽我說嗎」這種慣用句。他直覺了解到東道不要求這種假惺惺的禮節。

「說來聽聽吧。」

果然，東道要求立刻進入正題。

「簡單向您報告，就是設施的興建方案。利用魔法生產能源資源的設施。」

達也以此做為開場白，開始說明「ESCAPES計畫」。

東道在過程中從未插嘴，聽完達也的講解。

「知道了。」

對於艾德華與雷蒙德這對克拉克父子發動的情報戰，要以這個計畫做為反擊手段。達也說明到這裡的時候，東道如此回應。

「那麼，您准許在下上媒體露面嗎？」

「我就准吧。也可以找我認識的人協助。」

「謝謝您。」

嘴裡這麼說的達也，內心的戒心大於警戒。

並不是懷疑談得過於順利。

不可能毫無條件。不知道會附加什麼條件。達也怕他提出天大的難題。

「話說回來，我想問你一件事。」

「請問是什麼事？」

達也面不改色回應，卻難免感覺撲了個空。他以為東道立刻要提出某些要求，早已在內心提高警覺。

東道大概是察覺達也內心不平靜，沒有順他的意。

「在剛才的說明裡，你說不要求政治上的權力。」

「是的。」

正確來說，只要設施的經營沒被阻礙，就不會主動要求更高的權限。但達也本來就不打算主動要求政治上的權力，所以沒有刻意訂正東道這句話。

「不只是能源設施。你擁有的力量是超乎常理的強大。非但超過個人擁有的極限，原本不應該是國家以外的組織能夠擁有的力量。」

達也沒特別反駁。他自己真的認為東道說得沒錯。

就算這麼說，達也也不會將自己的力量拋棄或交付給某人。

「你要將這份力量用在哪裡？以這份力量求得什麼？」

「舒適的每一天。」

達也沒露出一絲迷惘就立刻回答。

東道聽完這句回答，明顯不悅地蹙眉。

「你的意思是說，超過自身限度的這份力量，你只會為自己使用？對於社會安寧或國家存續不感興趣？」

「社會不安寧就不可能有舒適的生活。此外以現階段來說，要維持社會的秩序，在下認為國家的存在是不可或缺的。」

「如果是為了私人的舒適，就不吝為國家提供助力是吧。」

「不是高姿態提供助力，在下沒這個意思……不過在下會因應狀況為國防或維安效力，這部分正如閣下所說。」

「那就好。四葉達也。」

東道在面對面的狀態，稱呼達也為「四葉達也」。

看見東道的表情，達也得知他不是叫錯，是故意這麼稱呼。

「我對你的要求和至今相同。希望你為了這個國家而成為遏阻力。」

東道這番話令達也感到不解。

「成為遏阻力」是什麼意思？是要求達也公開自己是戰略級魔法「質量爆散」的使用者嗎？可是這麼一來就稱不上「和至今相同」。

「——您要求在下主動表明戰略級魔法師的身分嗎？」

達也沒在思緒的死胡同裡浪費時間，直接詢問東道的真意。

「目前還不需要，但如果需要的話，你就這麼做吧。」

「那麼您的意思是說，出現軍事威脅的時候以這個方式逼退對手嗎？例如前年秋天那樣。」

前年十月底，達也以戰略級魔法殲滅大亞聯軍艦隊。或許東道要他今後也盡到相同的職責。

「『遏阻力』是在威脅成真之前使其斷絕念頭的力量。在軍事威脅成真之後，用來對抗的力量就不是遏阻力，只是單純的戰力。『遏阻力』最好是不要使用。」

不過，這似乎也不是東道的要求。

「不懂嗎？」

「讓您見笑了。」

實際上，達也並不是完全不懂東道想說什麼。但是與其耍小聰明推測可能性，達也選擇請教

「對你來說不是難事。展現恐懼，牽制他國就好。」

原來如此。達也暗自點頭。這個答案和他的推理幾乎一致。

看來東道想讓達也飾演魔王的角色。但這不是ＲＰＧ裡以被勇者討伐為前提的魔王，是一出手就會讓災難降臨，像是瘟神的恐怖超越者。

「剛才閣下說過，『遏阻力』最好是不要使用。但是為了讓對方恐懼，在下認為有展現威力的必要性啊？」

「如果為了示威必須這麼做，再次使用也在所難免。這部分交給你判斷。」

而且，為此必須不擇手段的樣子。

達也最近開始認為遏阻力是必要之惡。

讓魔法師發揮本領的場所，從軍事領域轉換到民生領域。

這麼做的結果，魔法師擔負的軍事力比例會降低。

魔法在某種程度上是不會被物量束縛的力量。就某方面來說，只要魔法師擔負戰力，小國也能對抗大國的物量。

如果缺乏名為「魔法師」的戰力，小國或許再也無法對抗大國的物量。四大國見狀採取行動試圖併吞世界，導致世界再度迎接戰亂時代……說來遺憾，這樣的未來是可以輕易預測的。

要是戰火籠罩世界的時代再度來臨，魔法師將會再度被當成兵器派上戰場。改善魔法師境遇的計畫就此泡湯。

為了迴避這樣的未來，由自己成為遏阻力，代替轉移到民生領域而喪失的魔法師戰力，或許是在所難免的決定。達也聽東道如此要求之前就是這麼想的。

只要達也發揮遏阻力的效果，達也提出的「ESCAPES計畫」——讓魔法師擺脫兵器宿命的第一步，東道不只會默認，還願意提供協助。達也沒理由拒絕。

「一切如閣下所願。」

達也以迂迴態度表明願意接受東道的要求。

「可以嗎？」

至今一直默默聆聽達也與東道交談的八雲，在這時候首度插嘴。

「等待你的將會是孤獨啊？」

「沒關係。」

達也基於真正意義需要的只有一個人。只要這個人陪在身旁，達也就不會感到孤獨。達也的內心是以這種方式「打造」的。

而且達也知道，這唯一的人——深雪絕對不會離開他。即使是死亡，也無法讓達也與深雪分離。他不會允許這種事。

其他類型的孤獨，不會成為讓達也猶豫的理由。八雲的警告聽在達也耳裡不是威脅。

「就這麼說定了。」

八雲好像還想說些什麼。

但是東道強行結束八雲的說服（對東道來說是干涉）。

「閣下，具體來說，請問在下首先該怎麼做？」

達也亦不打算繼續和八雲說下去。達也知道八雲是擔心他，所以這時候起爭論更會在事後回想時不是滋味，達也必須避免這個結果。

「我不打算進行細部指示。你以自己的意志判斷該做的事吧。」

東道這番話並不是空白委任狀。

剛好相反。

這代表達也無論做什麼，東道都不會負責，若是發生什麼問題，就得由達也負責。

「遵命。」

達也正確理解這一點，如此回應東道。

發生什麼問題的時候，幕後黑手本來就不會負責。扛起責任的總是執行者。東道這番話是早就為人熟知的道理。

「嗯。那我也找熟人支援吧。本日相談甚歡。」

東道宣告面談結束。

「那麼，方便在下就此告辭嗎？」

「准你離開。」

達也深深低頭，額頭幾乎要貼在榻榻米上，然後從榻榻米起身。他從一開始就沒坐墊可坐。

為了避免從高處俯視對方，達也就這麼低著頭，轉身背對東道。

◇◇◇

八雲送達也走出山門之後，回到主殿深處的房間。

東道維持達也離去時的姿勢等待。

八雲為東道沖一碗新的抹茶。

等東道喝完這碗茶，八雲移動到東道正前方。

「實際和他談過之後，您覺得呢？」

東道青波基於四葉家贊助者的立場，有權知道關於達也的詳細情報。

東道不可能沒接觸這些情報。可以從外部取得的達也情報，他應該已經調查透澈。

八雲詢問的是東道憑著這些情報實際見過達也的印象。

「損壞得比我想像中嚴重。」

東道的回答令八雲覺得有趣。

「期待落空嗎？」

「就算壞掉，也不是不能用。比方說即使安全裝置故障，扣扳機還是射得出子彈。」

「意思是看使用方式而定？」

「有危險就是了。」

東道和八雲視線相對。他發白混濁的左眼，看向八雲的魂魄。

「閣下的眼力，似乎對他不管用。」

「——抱歉。這不是蓄意的。」

「不，請別在意。」

東道青波出身於術士家系。如果系譜屬實，那麼堪稱是日本最古老的靈能家系之一。

不過八雲知道，東道青波選的路不是磨練自我技能的術士，而是擔負起統治術士的家務，因此沒能完全熟練運用自己的「眼」。既然他說是下意識使用，那麼應該不是辯解，是真的。

八雲很乾脆地接受東道的謝罪。

「如你所說，我沒看透四葉達也的心底。四葉也創造出有趣的『東西』了。」

「雖然是偶然的產物，但他是一種極致的形態。」

八雲活用東道使用過的形容方式回應。

「是啊。」

東道對此也忍不住苦笑。

但他立刻回復正經表情。

「九重八雲，我想問你一件事。」

「好的，請儘管問。」

被問到的八雲，依然掛著淺淺的笑容。

「有必要的時候，你的實力足以解決四葉達也嗎？」

但是聽完東道的問題，八雲終究也笑不下去。

「這個嘛……依照剛才測試的手感，勝算大概六成吧。包括同歸於盡的話約七成。」

這裡所說「剛才的測試」，是在石階上的那一戰。看來那場惡作劇也隱含這個用意。

「即使以你的本事，也有三成機率失手嗎？」

東道的驚訝是真的。但是八雲的回答還沒結束。

「不，反而被他殺掉的機率是三成。貧僧和他之間應該不可能有『逃走』這種結果。」

「……被譽為『果心居士再世』的你也逃不了？」

「半年前應該可以逃走吧……啊啊，剛才說的六成是指現在的狀況。再過一年，貧僧應該就

「到這種程度嗎……」

東道恐怕不會在八雲以外的人面前露出這種驚愕的模樣。這代表東道就是如此信賴八雲，也代表他真的受到打擊。

「既然擁有超越貧僧的實力，這就不是什麼好驚訝的事喔。足以和他抗衡的年輕人，光是貧僧知道的範圍也只想得到一人。放眼全世界的話不到十人。」

「……這時代變得真恐怖啊。」

「說得也是……閣下，要再喝碗茶嗎？」

「來吧。」

八雲從東道手中接過茶碗，移動到茶爐前。

以熟練手法將抹茶打到起泡，隨手遞出茶碗。

東道老翁也同樣無視於禮儀，隨手將茶碗拿到嘴邊，緩緩飲茶。

「感謝招待。」

「粗茶不成敬意。」

「一點都沒錯。不知道為什麼，你只有沖茶的功夫不會進步。」

東道毫不客氣的評語，八雲只能回以苦笑。

「改天再來。」

東道站了起來。

「貧僧送您一程吧。」

八雲就這麼坐著回應。

「免了。」

東道老翁頭也不回，親手拉開紙門。

◇◇◇

達也從九重寺回到伊豆別墅的時候，已經是晚上將近十點。

達也一回來就走向電話機，卻不是要找真夜。畢竟是這個時間，他打算委託葉山或輔佐葉山的白川說轉達一句「獲准了」就好。

『——達也，什麼事？』

但是不知為何，真夜突然出現在視訊畫面。這反應就像是一直在等他打電話過來。

「抱歉在這麼晚的時間打擾。在下剛才從九重寺回來了。」

達也的回應不禁變得索然無味，但真夜也沒期待達也舌燦蓮花。

『這樣啊。辛苦了。讓閣下見到你了嗎？』

「是的。計畫已經獲得閣下的許可。」

『這樣啊……』

真夜稍微瞇細雙眼，感覺在觀察達也的表情。

『代價是命令你怎麼做？』

看來真夜也從一開始就認為，想獲得東道的支持必須準備籌碼。

關於真夜沒有預先告知，由於達也同樣認為會有交換條件所以沒造成實際的損失，而且他也不太在意這種事。

「在下受命擔任各國的遏阻力。」

『也就是說，要外界正式認同你現在順其自然身處的立場吧。』

真夜的誤解和達也相同。

所以達也沒有笑的意思，覺得真夜果然也這麼認為。

「不，閣下說現在還不必公布，交給我們這邊全權處理。」

『我們這邊全權處理？這麼一來……責任可大了。』

真夜走的思路和達也完全相同。

不知道因為這是合理的思考流程，還是因為達也與真夜很像……達也在腦中一角略感苦惱。

『——總之，獲得閣下的准許是再好也不過。記者會按照預定計畫進行吧。』

「謝謝。」

真夜大概是獲得東道答應而放心，不過達也像是得到真夜口頭承諾般鬆了口氣。看來無論階級高低，只要不是真正站在最頂層，總是無法避免看上頭臉色。

『話說達也，還記得巳燒島的事嗎？』

為了跟上突然改變的話題，達也將多餘的思考全部放到一旁，集中意識。

「是您四月中旬告訴在下的事情吧。要在巳燒島興建新的研究設施。」

『對，就是那件事。我想稍微變更這項計畫，招攬你那項計畫的設施去那裡興建。』

達也一時之間沒能回應。

『我也和葉山先生談過喔。若要進行你的計畫，我認為那裡近乎是最佳地點，你覺得呢？』

「……您剛才說『招攬』，意思是要讓外部企業家加入嗎？」

這也太如我所願了……達也刻意避免這樣的戒心寫在臉上，先提出這個無關緊要的疑問。

聽到他這麼問，真夜一臉「你真敏銳」的表情笑了。

『如果限制規模，光靠我們旗下的企業也做得到，但我認為展望未來，一開始就加入外來助力比較好。』

達也在這一點也有同感。假設只以四葉相關企業興建設施，在該處工作的魔法師也很可能只會是和四葉有交情的人。這麼一來就不是解放魔法師，而是成為四葉家的新事業。

『土地也是，既然才那點大小，即使成為實質上的自治區，也不會有太多人講話吧。』

對於這個意見，達也同樣能接受。確實，如果只有八平方公里左右，雖說匹敵小城市，但是大呼「突變種反叛」或「魔法師王國」的人肯定也沒多少。

『你覺得呢？』

「在下感謝姨母大人如此提議。」

『那麼，可以這樣進行吧？』

「是的。勞煩您了。」

自己的計畫或許會被恣意用在其他目的。這份模糊的不安掠過達也腦海。但他說服自己要以推進計畫為優先。

◇◇◇

北山集團的總裁北山潮（商業姓名為北方潮）不只在經濟界，在政治界也擁有強大影響力。受邀參加政府會議主動赴約的次數不算少，但即使在這種場合，事前問他行程，配合他方便時間的情形也占了絕大多數。

不過這一天，五月最後的星期四，北山潮當天突然被叫到東京的高級餐廳。他臨時取消其他行程前往這間餐廳，因為邀請他的是連他都不能無視的對象。

東道青波。知道這個名字的人非常有限，是幕後的實力派。和常見的知名調停人不同，東道青波從來沒有走到幕前。不過有緣接觸這個名字的人，將認知到他的實力毋庸置疑。

幸好潮不曾被東道擁有的幕後權力威脅。不過某個曾經是潮競爭對手的新興企業創始人，因為小看東道的權勢而遭到報復，失去所有財產。一般來說不會成為問題的平凡犯罪讓他被判處長期徒刑，連東山再起的機會都被剝奪。這是潮清楚見證過的往事。

「很榮幸受到您的邀請。」

「抱歉突然找你過來。」

東道青波年過六十，北山潮未滿五十五歲。考慮到兩人的年紀，東道語氣有點隨便也沒什麼好突兀的。但是兩人的態度差異與其說是反映出年齡差距，不如說掌握的「力量」類型不同——權力與財力的差別。

東道與潮以無關緊要的閒聊消磨些許時間。看來即使是東道青波，面對經濟界的頂尖人物也不會突然只說明用意。他不會做這種不長眼的舉動。

大概某方面也是在意服務員的耳目吧。東道這樣的人物利用的餐廳不只是收費高昂，也不只是餐點與酒美味，而是徹底教育服務員做到三不原則——「不看、不聽、不說」。即使如此，東道依然不失謹慎，或許是在權謀術數的魔界打滾多年的個性使然。

「今天之所以找你過來……」

結果，東道在下酒的珍饈美饌上完才這麼說。

「是希望你協助某個年輕人的事業。」

「要我出資給創業的年輕人嗎？」

如果是這樣，那這個委託對潮來說並不稀奇。

不過東道是直接找他談這件事，潮對此感到好奇。

「能讓入道閣下看上的年輕人，究竟是什麼身分？」

「是你也認識的青年。戶籍上的姓名是司波達也。」

「————司波啊。」

經過比一瞬間久一點點的語塞，潮好不容易只回應這句話。東道親口說出這個名字，完全出乎潮的預料。

「那麼，這裡說的新事業和他身為托拉斯．西爾弗的發明有關嗎？還是和核融合爐有關？」

「是後者。司波達也想讓魔法師從事能源生產，擺脫身為兵器的職責。」

「知道了。我就接受吧。」

這次潮立刻允諾。東道對此似乎也感到不解。

「不用多考慮一下嗎？」

即使聽到這樣的叮嚀，潮內心也沒有迷惘。

「如閣下所知，我的妻女是魔法師。內人長年被迫以『兵器』的身分生活，但是現在已經卸下這份職責。」

東道當然知道潮的妻子紅音與女兒雫的事。

他以視線催促潮說下去。

「不過要是發生戰爭，不只是妻子，女兒也可能被派上戰場。如果演變成總體戰，沒有產能的魔法師或許會被迫成為戰力。這是我所擔憂的。」

「若要在戰爭以外的場所有所貢獻，美國發表的計畫也是如此。」

東道當然不是真的唆使潮協助狄俄涅計畫。這段話是試探潮認真到何種程度的觀測氣球。

「我不想讓妻女成為活祭品。那樣比接受軍方徵召還慘。」

「喔？為什麼這麼認為？」

這次的問題不是試探潮，是出自真正的好奇心。

「『狄俄涅計畫』是要將魔法師驅逐到宇宙。雖然不知道這是美利堅的意思，或是艾德華．克拉克的陰謀還是其他理由，但他們似乎想把司波趕出地球。然而受害者不會只有他一人。要是計畫繼續進行，參與的魔法師將無法住在地球，在地球無處可歸。那個計畫就是這麼一回事。」

潮的回答和達也得出的結論相同。潮或達也恐怕都不是特例。只要扯下夢想的面紗，肯定有不少人推理出同樣的結果。

「說得也是。」

老實說，東道也察覺到「狄俄涅計畫」暗藏的意圖。

「反觀司波達也的計畫，是擴大魔法師的容身之處。能源的生產在戰時也不可或缺，反而更加重要。要是司波達也的設施加入國家能源供給的行列，應該就不會犯下在前線耗盡魔法師導致能源不足的愚蠢行徑吧。他的構想很好。」

而且東道對達也的「ESCAPES計畫」最為讚賞的一點，在於該計畫將戰力供給與能源供給打造成不可兼得的關係，想將魔法師利用為武器也無法如願的狀態因而產生。

從國防觀點來說，絕對不歡迎這種事發生。如果僅止於此，東道應該會以此為理由，站在摧毀達也計畫的那一方吧。

不過達也接受自己要成為遏阻力的命運。

以恆星爐為主軸的能源生產系統要是在世上普及，其他國家將失去魔法師戰力，擁有「質量爆散」這張王牌的日本軍事力相對提升。

雖然還不確定下一個世代是否會誕生匹敵達也的遏阻力，不過那時候的事情是賦予給當時掌權人的課題。東道身為活在現在的人，只要為現在負責就好。他沒有高估自己必須連未來的責任都一肩扛下。

「我有同感。」

另一方面，潮不太在意魔法師戰力的缺口。他不是政治家。要是魔法戰力出現缺口，他認為用通常戰力彌補就好。他的公司沒做武器生意，但如果保護家人必須這麼做，他也不會猶豫正式踏入軍需產業。

「關於司波的計畫，可以請您說明細節嗎？」

達也的計畫和自己的利害關係一致。潮完全變得積極。某方面來說也是因為一牽扯到家人，他身為投資人的猜疑心就會麻痺吧。不過東道在這件事沒有欺騙潮的意思，所以不成問題。

「細節就問他本人吧。」

不過，無法否定潮有點欲速則不達。

「說得也是。恕我失禮了。」

潮自覺這一點，率直低頭道歉。

讓頭腦冷靜，注意力集中在此時真正必須確認的擔憂事項。

「閣下，除此之外，我還想請教一件事就好。」

「什麼事？」

「關於他的計畫，政府採取什麼樣的立場？」

現在，全世界都歡迎「狄俄涅計畫」。表面上沒有國家採取反對立場。推出對抗「狄俄涅計畫」的新計畫，政府恐怕會判斷這麼做不利於外交。

東道青波當然也理解這一點。

「不會容許日本政府妨礙。」

明知如此，他也斬釘截鐵地斷言。

【4】

二〇九七年五月三十一日，星期五。

在ＦＬＴ總公司，媒體相關人員一大早就蜂擁而至。

不用說，他們的目的是「托拉斯·西爾弗」的記者會。記者會預定在十點舉行，不過大群記者與攝影師不只是妨礙業務，甚至可能妨礙交通，所以會場過九點就開放。

平常對魔法產業不太感興趣的傳統大報社，也組織大陣仗的採訪團霸占前排。不少同行對他們的趾高氣昂的態度蹙眉，不過從外人看來，這些同行也是半斤八兩。

他們的雜亂閒聊，在負責公關的職員上台之後，像是退潮般安靜下來。

工作人員進行燈光與麥克風的最終檢查，媒體人員屏息看著這一幕。

會場的數位時鐘顯示時間十點整。

會場前方的門開啟，達也帶著牛山出現在台上。

在快門同時按下的狀況下，達也站在麥克風架前方。台上中央沒準備椅子。

會場正面深處，達也背後是大型銀幕。上面顯示「魔法恆星爐能源設施計畫」幾個大字。場中竊竊私語。像是新事業發表會的演出，令眾人發出疑惑的聲音。

無視於他們的困惑，工作人員宣布記者會開始。

「我是在托拉斯．西爾弗負責軟體研發的司波達也。」

「我是在托拉斯．西爾弗負責硬體研發的牛山欣治。」

嘈雜聲突然變得激烈。

穿西裝的青年（雖然還是高中生，但達也的外表與其說是少年，更適合形容為青年）就是托拉斯．西爾弗的真實身分。前來採訪的媒體對此深信不疑。但身穿應該是工廠制服外套的男性，介紹自己也是托拉斯．西爾弗。採訪群完全陷入混亂。

「那個～『托拉斯．西爾弗』不是單一研究員的名字。」

沒記者發問，所以牛山就這麼說下去。

「是他和我組成的研發團隊名稱。專利申請人的個人情報已經在剛才改成公開，各位應該可以到專利局確認。」

「……為什麼要做這種欺騙大眾的事情？」

大概是終於重整心情，一名女記者這麼問。之所以用詞魯莽又缺乏對訪問者的敬意，大概是天性使然吧。

「沒有欺騙的意思。以團體名稱申請專利並不稀奇，不公開組成人員的個人情報，也是至今普遍的做法。」

「可……可是，托拉斯．西爾弗被譽為讓CAD軟體在短短一年進步十年分的天才技師，貴公司不是也沒否認嗎？」

「『天才技師』之類的過譽，這邊不曾肯定過。」

達也的回答沒有著力點，記者無法反駁。

「之所以不公開個人情報，是因為少爺……更正，因為旁邊這位司波未成年，至今拒絕採訪也是基於相同原因。」

牛山這時候有些慌張地出面緩頰。

在這個時代，「保護未成年人」是強力的藉口。即使是媒體也無法當面否定。

「也就是說，自稱『第一賢人』的怪人散布的影片，一半的內容是事實吧？」

另一個記者接著提出稍微偏移論點的問題。

「『托拉斯．西爾弗』始終是敝人與牛山的團隊名稱，所以『托拉斯．西爾弗是我──司波達也』這則報導是謊報。」

為了避免媒體挑毛病，達也自稱「敝人」。但他回答的內容是正面槓上記者。

「意思是電視散布假消息謊報？」

「把不是事實的情報當成新聞播報。這就叫做謊報吧？」

「你是托拉斯．西爾弗的這件事是事實吧！」

對於達也的挑釁言辭，會場另一處發出這個犀利──歇斯底里的聲音。

「剛才就向各位報告過，『托拉斯．西爾弗』不是個人的名稱。」

達也正面注視這名記者的臉，以冷靜──甚至感覺厚臉皮的語氣回答。

反駁的聲音中斷。

「雖然這麼說，不過確實造成世間各位的誤會。」

此時牛山像是要打圓場，以尷尬的語氣插嘴。

「所以，我當場宣布解散『托拉斯．西爾弗』。」

會場內一陣譁然。

「……這是什麼意思？」

「停止以『托拉斯．西爾弗』身分活動的意思。」

就某方面來說很乾脆的這個問題，達也做出易懂至極的回答。

「也就是要停止研發ＣＡＤ嗎？」

熟悉魔法產業的媒體機構記者發問。

「牛山會繼續研發ＣＡＤ，但敝人將轉移到另一項事業。」

達也說著朝背後銀幕舉手。

「將魔法恆星爐——利用重力控制魔法的核融合爐進入實用階段，廣為提供能源給家庭或產業使用的新事業。」

媒體群逕自和自己人開始交談。

直到騷動平息，達也都默默注視。

「設施構造本身，不是令人耳目一新的東西。」

取回秩序的會場響起達也的聲音。

媒體群沒有發問打斷他的說明。

「該設施預定興建在離島或海上。以魔法恆星爐產生的電力從海水抽取氫氣，輸送到本土。在生產氫氣的過程中，也想同時去除海水裡的有害物質，為海洋環境的淨化盡一份心力。」

展示設施構造的簡單動畫，在大型銀幕播放。

影片不是由達也，是由ＦＬＴ的女職員負責說明。

影片播放完畢，會場內的眾人竊竊私語。

工業業界報社的記者，露出感興趣的表情舉手。

「——不考慮直接從核融合爐供電嗎？」

「應該也有人擔心魔法恆星爐的穩定性，所以當初預定將該設施蓋在距離市區夠遠的場所。

基於這個原因，考量到供電線損，設計為轉換成氫燃料的架構。」

「核融合爐的運作，應該需要不少魔法師吧？」

這次是魔法相關雜誌的記者發問。

「您說得沒錯。參與這項事業的魔法師，將會移居到設施所在的島嶼或海上基地。」

「你要建立魔法師的獨立國家嗎？」

這個問題來自對魔法採取否定立場的媒體記者。

「該設施基於性質，無法只由魔法師運作。細數本計畫小組的成員，反倒是魔法師以外的技術人員比較多吧。」

「換句話說，那裡是由少數魔法師統治多數成員嗎？」

「本設施會遵守法令運作。」

這句刁難盡顯發問者對於魔法師的反感，達也沒有正面回應。但因為他的回答像是課本內容般制式，在沒有具體材料的現階段，對方無法繼續找藉口挑毛病。

「參加『狄俄涅計畫』的邀請怎麼辦？」

大概是支援射擊吧。同體系媒體機構的記者以挑釁般的語氣發問。

「ＵＳＮＡ國家科學局邀請參加的對象，是自稱『托拉斯．西爾弗』的高中生。不過『托拉斯．西爾弗』剛才已經消失，所以無從回應。」

「這是歪理！」

達也像是在愚弄對方的這段回應，引得記者反射性地大喊。

達也自己也認為這是歪理，所以受到這樣的批判也沒慌張。

「那麼，『ＵＳＮＡ國家科學局的艾德華．克拉克先生』，是要求敝人我參加嗎？」

他也預先準備反駁的話語。

這是記者無法回答「沒錯」的反問。

「不過，克拉克先生說的『托拉斯．西爾弗』，明顯就是在說你吧！」

即使如此，這名記者依然繼續緊咬不放。

「是這樣嗎？」

達也知道記者說的是事實，但這件事沒對世間公開。達也沒回答「Ｙｅｓ」或「Ｎｏ」，只有如此反問。

記者這邊完全是猜的。所以被問到「是這樣嗎」就語塞無法回答。

「假設對方今後邀請敝人加入『狄俄涅計畫』，敝人也不會接受。魔法恆星爐設施的計畫，已經進入選擇建設地點的階段。敝人沒時間參與其他大型計畫。」

達也在最後如此總結。

◇　◇　◇

達也的記者會由電視實況轉播。

雖說是「電視」，卻不是大眾的無線電視台，是有線電視台的小眾新聞頻道。魔法相關新聞豐富，九校戰時因為所有比賽以分割畫面同時轉播而聞名，客群鎖定為魔法師以及對魔法感興趣的觀眾，記者會就是由這間有線電視台播放的。

前幾天就因為身體不適向學校請病假的九島光宣，在臥室床上看這段實況轉播。

「達也真是了不起……」

轉播結束，光宣嘆了口氣。

他關掉電視，躺在床上。

對於達也的讚賞與崇拜，在光宣內心成為漩渦轉動。

他的讚賞，是對於以恆星爐為核心的能源設施興建計畫（達也在記者會上沒使用「ESCAPES計畫」這個名稱）本身。

他的崇拜，是對於達也在和世間為敵的狀況下頂撞這份壓力，反過來利用眾人注意力的這份堅強。

光宣由衷羨慕達也。

達也就像那樣，盡情發揮自己的智慧與力量面對世界，對抗世界。

相對的，自己只在小小的床上，隔著螢幕觀看他的活躍。

好不甘心。

光宣如此心想。

如果我擁有健康的身體……

無論是頭腦還是魔法，自己都沒有輸達也太多。光宣有這樣的自信。

這絕對不是光宣自以為是。

光宣認同達也的力量，而且正確評定己身的能力。

並非只有光宣自己認同他的能力。

爺爺九島烈總是看重他的才華。

在幸運免於身體不適的去年論文競賽，雖說達也沒上場，不過光宣壓制第一高中的五十里啟與第三高中的吉祥寺真紅郎拿下優勝。

想到論文競賽的事，往前推不到一個月發生的事件，在他腦海連環復甦。

——第一次見面，是十月六日星期六的事。

——第一次並肩作戰是第二天，十月七日的事。

——重逢是在兩週後的十月二十日。

——隔天，自己因為發燒而添了麻煩。

——十月二十七日。因為阻止周公瑾逃走，生病接受照料的恩情應該算是勉強還清。

那段日子發生的事，光宣全部記得。當時是我這輩子第一次幫上別人的忙。光宣實際感受到這一點……

在回憶的過程中，光宣不知何時進入夢鄉。

在夢中，他回到論文競賽的前一天——二〇九六年十月二十七日。

少年擋在宇治橋的前方。

在夢中，光宣以別人的立場看著自己。

搭乘的車輛引擎蓋迸出火花。

在引擎即將爆炸時衝到車外，瞪向光宣自己。

光宣察覺自己變成周公瑾。察覺自己在做這樣的夢。

沿著宇治川，朝下流方向逃逸。

遭到突然出現的鮑伯頭「少女」攻擊。

明明是夢境，卻感受到鮮明的痛楚。

光宣不可能知道的光景，不可能知道的經驗。

前方出現一条將輝，背後出現達也。

大概是從事件報告書重現當時的情景吧。即使正在作夢，光宣依然冷靜這麼想。

遭受將輝的攻擊，雙腿的小腿肚從內側爆開。

這次沒有痛楚。

『我不會毀滅。我即使死亡依然繼續存在！』

「自己」的聲音宣告妄執。抱持這種意念而死的人，想必會成為亡靈在人世徘徊吧。

光宣「體驗」周公瑾的末路之後，懷抱這種憐憫。

不過，夢沒有就此結束。

周公瑾的意識仍然持續運作。

周公瑾逐漸飄到宇治川的上游。

周公瑾的亡靈接近過來。

不知何時，夢的視角成為光宣自己的視角。

『和我合而為一吧！』

周公瑾朝著站在「宇治橋上」的光宣如此大喊，同時撲了過來。

周圍的景色消失。

腳下的橋消失。

光宣位於河川上空。

光宣認知到自己正在「觀看」的不是七個月前的夢，是正在發生的事。

大概是自己回想起當時的事情，連結到某種通道吧。

光宣理解到經過半年多的時間，周公瑾的靈魂「看上」了他。

『歸我所有吧！』

周公瑾的雙手手指插入光宣的胸口。

不對，是逐漸沉入。

某個東西試圖入侵我的身體。

即使認知到這一點，光宣也冷靜得不可思議。

雖然自己都感到意外，但是對於即將占據自己的惡靈，光宣沒感到害怕。

因為早就知道該怎麼做，所以不必害怕。

光宣立刻理解了。

試圖侵蝕他的東西，本質上和稱作「寄生物」的「主體」相同。

他毋庸置疑是天才，是九島家最強的術士。

哥哥或姊姊應該不知道吧。

父親或許不肯承認。

不過，爺爺肯定知道。

光宣十六歲的時候，就已經習得九島家所有魔法。

「亡靈，給我離開。」

光宣使用精神干涉系攻擊魔法。

在夢中沒有輔助魔法的媒介，甚至沒有肉體，但即使在這種狀態，使用魔法也不覺得受限。

光的粒子像是一陣風，從光宣的「身體」噴發，勢如暴風吹走周公瑾的「身體」。

光宣與周公瑾。兩人在這個世界的身體是幻體。以幻影包覆精神而成。

以「術式解體」這種想子流無法捲走，但以精神干涉系魔法就能攻擊或防禦。

離開光宣的周公瑾「身體」沒有雙手。剛才插入光宣身體深達手腕的雙手，反而被光宣扯斷啃食。

『交出身體！』

即使如此，周公瑾依然毫不畏縮，襲擊光宣。

「雖然是動不動就不聽話的破爛身體，但是可不能送你喔。」

光宣發動下一個魔法。

七色閃電劃過虛空，命中周公瑾的幻體。

在這個世界，可以隨心所欲編織魔法。光宣覺得比現實世界還要自由。

『交給……我……』

周公瑾的幻體如今各處炭化，原本秀麗的容貌也被塗黑半張臉，喪失細部構造。

「……真可憐啊，周公瑾。就此結束吧。」

光宣習得九島家所有魔法。

包括為了製作寄生物所使用的魔法。

包括束縛寄生物的忠誠術式。

「亡靈，服從我吧。成為我的糧食吧。」

光宣抓住周公瑾的手，發動讓靈體服從為奴的魔法。

一般的忠誠術式，都是出示代價，讓對方遵守特定條件。

製造寄生物使用的代價，是提供寄生物需要的想子。

條件是「絕對服從」。如果違背，就會剝奪吸收的想子，封鎖吸收想子的路徑。

光宣出示的代價，是讓對方存在於他體內。

條件是要求對方被他吸收。

換句話說，光宣以忠誠術式「吃掉」周公瑾的亡靈。

「——辛苦了。謝謝你專程帶知識給我。」

光宣感覺到，周公瑾蓄積至今關於「魔」的「機密知識」逐漸歸他所有。

光宣在夢中「像是天使般」笑了。

他的笑真的如同從天空高處俯視地面的使者，美麗、傲慢又缺乏人性。

◇　◇　◇

達也向陪同出席記者會的牛山道謝，慰勞準備會場的工作人員之後，準備離開總公司。沒安排見父親一面。因為他不覺得想見父親，父親肯定也不希望見他。

他對父親心情的推測沒錯。

達也在更衣室換好衣服，為了迴避糾纏不休繼續包圍的媒體而前往地下停車場的途中被某人叫住，但這個人不是父親的部下。

這名女性自稱是魔法協會的職員。

「要說的事情會花時間嗎？」

達也對魔法協會沒抱持負面情感。他之所以為難般如此詢問，是因為想快點離開這裡。他沒有低估媒體的嗅覺。

「不會花您多少時間，但是希望您給個答覆……」

這名女職員戰戰兢兢回答達也的問題。魔法協會不是派男性，而是派年輕女性前來，大概是想盡量給達也良好的印象吧。

不過，明顯是反效果。大概是相當缺乏異性經驗（但不是親密接觸的那種經驗），她總是害怕達也的視線。這麼一來，除非對方有特殊癖好，否則只會惹對方不高興。

達也沒有嚇唬女性的嗜好，所以果然覺得不悅。

「那麼，請上車。」

他如此催促魔法協會的使者，不能說完全沒有還以顏色的意思。

「明天下午嗎……？」

魔法協會的來意，是希望達也明天在魔法協會，和來到日本的艾德華．克拉克見面。

「是的！只要是下午，司波先生幾點方便都可以配合！」

女職員以不顧一切的語氣懇求達也。看她這副模樣，與其說她不習慣面對男性，不如說她不擅長面對男性，進一步來說，看起來像是有男性恐懼症。

魔法協會選這名女性究竟有什麼企圖？很明顯選錯人了。

「事情真突然啊。」

「非常抱歉！」

現在自動車正在自動駕駛，但達也依照規定坐在駕駛座。

協會的女職員則是貼在副駕駛座的車門旁。

比起同情她害怕的樣子，達也更對她的態度感到不耐煩，決定迅速結束這個話題。

「沒辦法了。那麼明天下午兩點，一點在關東分部。」

「可以嗎？」

「總不能拒絕吧。」

這句話不是在鬥心機，是達也毫不虛假的真心話。

雖然不是正式邀請，但艾德華・克拉克以像是代表ＵＳＮＡ政府的立場要求面會。

即使在見面之前就定下結論，但是賞對方吃閉門羹，在外交造成的負面影響太大。達也沒有傲慢或幼稚到能忽略這種事。

「啊啊，謝謝您！」

女職員誇張地表達感激之意。

達也受不了這種煩悶感，在路邊停車趕她下車。

◇　◇　◇

達也就這麼前往第一高中。他原本就打算從ＦＬＴ總公司直接過去。雖然沒繞路，但達也實際感受到浪費不少時間。

除了外套，達也已經在ＦＬＴ的更衣室換穿制服。達也將商用西裝外套換成放在車上的長袖制服外衣，成為第一高中的學生裝扮之後，不是前往教室，而是前往學務室。

向窗口職員表示想見校長。

時間接近正午，即將進入午休時間。

在這種時間上學的學生突然要求見校長，一般來說都會被訓一頓然後趕走。

不過第一高中的職員終究知道達也的隱情。以現狀來說，甚至不知道才奇怪。

不知道是校長剛好有空，還是聽說他會來訪而空出時間，達也立刻獲准進入校長室。

「謝謝校長即使這麼突然也撥空給我。」

首先，達也鄭重道謝。

「我看過轉播了。」

對此，百山校長突然主動提出這個話題。

「你拒絕參加『狄俄涅計畫』，是因為把今天這件事放在心上？」

不過，百山主動這麼問，達也反倒比較好說話。

「是的。」

「魔法恆星爐能源設施計畫……沒有短一點像是通稱的說法嗎？」

「包括設施的興建計畫在內，全名是『以恆星爐抽取太平洋沿海地區海洋資源並去除海洋有害物質計畫』，非正式名稱是將『Extract both useful and harmful Substances from the Coastal Area of the Pacific using Electricity generated by Stellar-generator』簡稱為『ESCAPES計畫』。」

「『ESCAPE』嗎？在正式場合不能用這個名稱啊。」

百山立刻察覺這個名稱隱含「魔法師逃離（ESCAPE）軍事領域」的意思。

「是的。所以在記者會上，我形容為『魔法恆星爐能源設施計畫』。」

「嗯……所以，你這項計畫實現的可能性是多少？」

百山在辦公桌後方抬頭直視站著不動的達也，以大部分學生都會嚇到發抖的聲音問。

「已經朝著實現採取行動。不是為了逃離『狄俄涅計畫』的虛張聲勢。」

百山就是在懷疑達也以此為藉口拒絕參加狄俄涅計畫。

「──我就這麼相信吧。」

刻意說出「相信」兩個字，就證明百山不是由衷相信，但他總之給達也這個口頭承諾。

「謝謝校長。雖然不是直接，但我這次表明不參加狄俄涅計畫，所以免除上課的條件──」

「你一樣不用上課。」

百山打斷達也的話語。

「我保證你會取得畢業資格，也保證推薦你進入魔法大學。所以你致力於推動ESCAPES計畫吧。」

「……可以嗎？」

百山這番話，讓達也忍不住疑惑。

達也獲得的免除上課權，原本是受到USNA的壓力，讓達也參加狄俄涅計畫的做法。達也拒絕參加的現在，百山肯定不必給達也特殊待遇。

「我認為『狄俄涅計畫』能讓魔法師活得光榮，是極具價值的計畫。所以也勸你參加。」

如果只是受到USNA的壓力，並不會給達也特殊待遇。百山以言外之意如此主張。這究竟是真的，還是百山要隱瞞屈服於政治壓力的恥辱，達也不得而知。

「而且你這次發表的『ESCAPES計畫』，我也覺得為魔法師提供了和平的生活方式，是極具價值的計畫。基於社會層面的意義，我看好你的計畫不輸給『狄俄涅計畫』，所以不認為需要改變你的待遇。」

「——謝謝校長。」

聽到這裡還是猜不透百山的真心話，但達也先對百山表面上的評價道謝。

「加油吧。」

百山激勵之後，達也再度行禮致謝，離開校長室。

◇ ◇ ◇

達也離開校長室的時候，距離午休已經不到十分鐘。

當初達也打算就這麼回到伊豆，但他稍微猶豫之後，決定前往學生會室。

使用教室上課時看不見他的路線，前往四樓邊角的房間。

ＩＤ卡毫無問題盡到開鎖的職責。

並沒有離開太久。達也沒特別感到懷念，一如往常坐在自己座位開啟終端裝置。

檢查業務進度。深雪他們順利進行著學生會的工作。

久違處理和「工作」無關的事情排遣情緒沒多久，午休時間來臨。

雖然這麼說，不過深雪他們應該是吃完飯才過來。達也如此心想，但深雪一反他的預測馬上就來了。

「哥哥……更正，達也大人？」

「達也同學？」

不只深雪，穗香、非學生會幹部的雫，還有學年不同的泉美、香澄與水波都幾乎同時來到學生會室。

「也不算是好久不見吧。」

今天是星期五。上次在這所第一高中校門旁邊見面是星期一。以「好久不見」打招呼挺微妙的。

不過達也每晚都用視訊電話和深雪對話，所以對她說「好久不見」確實不妥。

「……您是來向校方報告今天的記者會嗎？」

深雪立刻重整心情，突然說中正確答案。

「沒錯。妳早就知道了？」

「我聽您說過記者會的事，所以猜測可能是這樣……」

如深雪所說，達也那天就告知今天要開記者會。

「嗯。我剛才找校長談過。即使拒絕參加『狄俄涅計畫』，也繼續免除上課義務。」

「這樣啊。」

「……妳們要在這裡做什麼事嗎？」

不只是深雪，總覺得穗香也心神不定。

自己在場似乎不太方便——達也有這種印象。

聚集在學生會室的成員是深雪、穗香、雫、泉美、香澄與水波。除了先到的達也之外都是女生。或許她們女生自己要討論某些事。

「不，那個……原本想在這裡收看達也大人的記者會。」

「……原來如此。」

達也是在上課時間舉行記者會。正經學生不可能即時收看轉播。

知道今天要開記者會的深雪，大概以學生會室的伺服器錄下實況轉播吧。魔法新聞豐富的那個頻道，以學校為單位簽約提供師生收看。

「我去圖書館，回家的時候跟我說一聲吧。」

即使是達也，開電視看自己的記者會也會不好意思。

他像是逃走般離開學生會室。

◇　◇　◇

放學後，達也在校內的咖啡廳和朋友會合。不只是在學生會室遇見的深雪等人，是一如往常的老班底。今天達也開車來，所以不能利用放學路線那間常光顧的咖啡廳。

店內學生投過來的視線令達也不耐煩。不過只有今天在所難免。達也的記者會錄影不只在學生會室播放，中午餐廳也以大畫面放映。還有不少學生以自己的情報終端裝置錄影收看。這件事就是如此受到關注。

「達也，我看過了。」

他的朋友們當然也看了。

「應付那群笨蛋，辛苦你了。」

「達也同學，原來你一直在構思那種事啊。」

「我覺得真的了不起。我實在想不出這種計畫。」

說話順序是雷歐、艾莉卡、美月、幹比古。相較於學生會組，前同班同學的反應直率得多。

或許是因為沒有「多餘的情感」。

「興建利用恆星爐的能源生產設施啊。達也，沒有什麼比較順口的簡稱嗎？」

雷歐問了和百山校長差不多的問題。或許很多人都這麼想。

「雖然非正式，不過簡稱為『ESCAPES計畫』。」

「『ESCAPES』？什麼的簡稱？」

「『Extract both useful and harmful Substances from the Coastal Area of the Pacific using Electricity generated by Stellar-generator』Extract的E，Substances的S，Coastal Area的C與A，Pacific的P，Electricity的E，Stellar的S，所以是『ESCAPES』。『以恆星爐抽取太平洋沿海地區海洋資源並去除海洋有害物質計畫』的簡稱。」

「哼哼……就我猜測，是刻意配合『ESCAPE』這個單字吧？」

「猜得好。」

雷歐一如往常，展現人不可貌相（？）的犀利推理。

「是要逃離什麼？」

「逃離軍事的利用。」

聽到達也這句話，至今掛著愉快笑容的雷歐表情變得嚴肅。

「……是這麼回事嗎？」

雷歐的血統是被當成兵器開發的調整體魔法師。「逃離軍事的利用」就是「逃離魔法師被迫成為兵器的宿命」，他敏銳領悟這一點。

不只雷歐，同樣擁有「兵器」調整體血統的水波就某方面來說不在話下，其他成員表情也變得認真。尤其是穗香、香澄與泉美，父母或祖父母世代很可能接受過基因改造的三人表情凝重。

「就是這麼回事。」

達也沒隱瞞這份意圖。朋友們已經理解，所以隱瞞也沒有意義。

「一定要讓計畫成功才行。」

幹比古以感慨的語氣說。

「達也同學的話沒問題吧。」

艾莉卡像是要趕走這股氣氛般開朗地說。

所有人的表情因而放鬆。

「說得也是。達也同學的話肯定沒問題。」

「之前說過已經開始挑選地點，不過實際上會在什麼時候動工？」

穗香說完比起信賴更像信仰的感想之後，美月接著詢問具體行程。

「計畫已經起跑了。」

「咦？那學校這邊呢？」

「和至今一樣免除上課義務，不過我想在稍微穩定之後繼續上學。」

達也露出微笑，回答驚訝的美月。

「這樣啊。太好了……」

穗香誇張地鬆了口氣。包括學妹在內，眾人都被她的舉動逗笑。

「達也同學。」

雫在穗香身旁向達也開口。

「什麼事？」

「我爸說想見你。」

雫這句話令香澄大吃一驚。不難想像她是怎麼誤會的，不過當然不是這個意思。

「我想，應該是計畫的事。」

「知道了。我什麼時候方便拜訪？」

達也立刻想到應該是東道牽的線。但他沒將想法寫在臉上，以正經表情詢問雫。

「我爸說希望在星期日見面。」

「時間呢？」

「沒特別指定。」

「那就下午，我想想……方便一點過後打擾嗎？」

「應該沒問題。不方便再打電話給你。」

「嗯，拜託了。」

這時間原本只打算當成喝杯咖啡小憩，對於達也來說卻成為別具意義的時間。

◇◇◇

最後達也沒住伊豆的別墅，而是回到調布的新家。

明天必須在魔法協會關東分部見艾德華．克拉克，後天又得訪問雫家。回到伊豆的話效率不佳。

達也這次是第一次在調布的大樓過夜。對於這個事實，深雪比達也還興奮。不，正確來說達也完全沒興奮，是深雪自己心花怒放。

「那麼達也大人、深雪大人，屬下告辭。」

「啊啊，晚安。」

「水波晚安。」

大樓頂樓整層都是達也他們的居所，但是打造成和一般公寓相同的形式，各房間獨立進出。達也與深雪住的房間，和水波起居的房間獨立進出。換句話說，水波從居家侍女轉職為徒步零分鐘上班的通勤侍女。

再換句話說，達也與深雪晚上在同一個家享受兩人世界。以深雪的角度，要她別心花怒放也不可能吧。

「哥哥。」

在自動車裡只剩下自己人之後，深雪對達也的稱呼立刻切換為「哥哥」。這不是今天才開始的事，深雪在電話裡也一直這麼稱呼。這是實踐週六晚上她在伊豆別墅說過的承諾。

深雪本人應該沒有言出必行的自覺吧。如她自己說過的，「哥哥」是她對達也最自然的稱呼方式。從五年前的夏天，從沖繩的那一天一直如此。

「請您先洗澡。」

「知道了。」

深雪在水波回去之後請達也洗澡，並不是兩人搶做家事的結果。

浴室從清理到放洗澡水都是全自動的。

之前的獨棟住宅也是如此。這個家的自動化程度比那裡還先進。洗澡本身甚至可以完全不動手。達也進入浴室才得知這一點。

是否用「洗人機」（全自動淋浴間）簡單洗一下就好？達也認真苦惱了一段時間，不過這間浴室格局奢侈，不只是大浴缸，還具備寬敞的清洗空間。難得有這個機會，所以達也決定以傳統方法好好洗身體。

雖說「傳統」，不過各個細節還是已經自動化。

「淋浴。」

清洗頭髮之後，不必花力氣摸索蓮蓬頭。只要出聲下令，熱水就會灑在需要的位置。沖掉洗髮精，伸手要拿洗身體的刷子時，達也察覺背後——浴室門後有某人的氣息。

他沒有特別感到緊張。

位於門外的是深雪。對於達也來說，即使背對也和親眼看見一樣清楚。

「哥哥。」

緊張的是深雪。呼叫達也的聲音也帶著猶豫。

「怎麼了？」

但是達也想不到原因。不，說起來，他不知道深雪為何對洗澡中的他說話。

「……可以讓我為您刷背嗎？」

「什麼？」

不是沒聽清楚深雪說什麼，也不是聽不懂深雪說什麼。

是不想理解。

刷背？

刷誰的背？

由誰刷背？

說來非常難得，達也過於混亂導致停止思考。

「我來……為您刷背。」

不知道是等不到回應而心急，還是認定達也沒拒絕是大好機會，深雪打開浴室的門。

達也非常後悔自己沒鎖門。

不過，這是馬後砲。

傳來深雪腳步聲。

達也無法轉身了。

幸好來得及迅速拉毛巾過來。

好不容易只成功遮住腰部以下的某部分。

深雪的氣息接近到身後。

不知道她現在的樣子。

有鏡子就好了……達也瞬間這麼想，連忙消除這個想法。

不，其實有鏡子。

就在達也正前方。只不過，現在鏡面是罩住的。

達也慶幸自己沒有照鏡子洗澡的習慣。

「哥哥，恕我失禮……」

深雪白嫩的手臂從達也臉旁往前伸，抓住沐浴用的海綿。

深雪的胸部，只在短短一瞬間碰到達也的背。

不是肌膚，而是隔著毛巾的觸感。雖然只有一點點，但達也對此鬆了口氣。

打泡的海綿壓在背上。

不只是海綿，深雪細嫩的手指撫過背部。

「深雪，為什麼突然做這種事？」

達也終於無法繼續沉默，沒轉身如此詢問。

「造成……您的困擾嗎？」

「不，沒困擾。」

其實非常困擾。但達也好歹知道現在不能說這種話。

「太好了……」

深雪破涕為笑般的聲音讓達也知道，要是剛才答錯就慘了。

「……不過，妳至今不曾幫我刷背吧？」

放在背上的深雪手指微微發抖。

「……我想儘可能和您在一起。」

聲音也因為害羞而顫抖。

「因為，最近沒能和您在一起……不行嗎？」

深雪以嬌滴滴的聲音低語。

輕聲說出撒嬌的話語。

「……沒有不行。」

達也像是著迷，像是被操縱般呢喃。

不知道是誰的嗜好，新家浴缸大約是一般家庭用的兩倍長。

達也與深雪一起進浴缸泡澡——背對背。

達也與深雪的膽子都沒有大到敢面對面泡澡。

浴缸即使再長，兩人同時坐下去之後終究沒有多餘的空間。畢竟達也身高超過一八〇公分，深雪也比女性的平均身高來得高。以深雪的狀況，她的腿長得不像日本人所以更不用說。

在浴缸裡，兩人都取下浴巾。雖說背對背但是肌膚相觸，達也終究無法保持冷靜，深雪基於熱水以外的原因臉紅。

「……哥哥，您可以在這裡待多久？」

深雪硬是裝出一如往常的語氣詢問。

「預定週日晚上回伊豆。」

反倒是達也的聲音比較僵硬。

「還……不能重回一高嗎？」

「不知道USNA或新蘇聯會出什麼牌。我想再觀望一下。」

「這樣啊……」

深雪以難掩失望的語氣輕聲說。但她沒有任性要求達也「快點回來」。

「我還可以……去伊豆打擾您嗎？」

「當然。只要不影響學業，隨時歡迎過來。」

「哎喲。哥哥，您這樣簡直是我的監護人耶？」

「哥哥不能當監護人嗎？就算是未婚夫，應該也能兼任監護人吧？」

達也拙劣的玩笑話（？）令深雪輕聲失笑。

「說得也是。我唯一能夠依賴的人，就只有哥哥您了。」

「交給我吧。」

深雪話語背後藏著「父親不可靠」的苦衷，但是達也假裝沒察覺。

這份貼心令深雪感到煎熬。

「星期日……我可以陪您一起去雫家嗎？」

「說得也是……深雪也一起來比較好吧。」

達也語氣突然變得正經，因此深雪有點驚訝。

「意思是……和雫父親的面談，我也應該一同出席嗎？」

「這份工作可能成為我們的終生事業，如今要拜訪第一位贊助者。妳一起來比較好吧。」

「我們」的終生事業。深雪沒誤解這句話的意思。

「是，哥哥……」

差點沉入熱水的深雪陶醉點頭。

「……深雪，不要緊嗎？」

達也之所以戰戰兢兢這麼問，是因為原本只有客氣輕觸的深雪背部觸感突然貼得更緊。
深雪靠在達也背後。
如果這是故意的，那她的撒嬌方式稍微激烈了點。達也苦笑帶過。
不過，如果不是刻意的呢？
「……您問我要不要緊，是指什麼事呢……？」
回應達也詢問的深雪語氣，總覺得輕飄飄的。
——這不太妙。
達也如此心想。深雪該不會泡太久頭昏了吧？
「深雪，妳最好起來了。」
「……說得也是……」
聽到達也的警告，深雪也只是有氣無力地同意，沒有行動的徵兆。
（……怎麼辦？）
抱起裸體的深雪，真的是最後的手段。
即使向水波求助，自己也必須先走出浴室。在這個狀態不碰深雪身體離開浴缸應該很難，而且要是沒他支撐，深雪恐怕會沉入熱水。
達也大概也狼狽不堪吧。

他不知所措苦思一分多鐘，才想到「放掉浴缸熱水」這個解決方法。

——幸好，這天達也與深雪都沒有著涼感冒。

〔5〕

艾德華・克拉克的日本行，受到媒體大陣仗歡迎。與其說是外交官訪日，這場騷動更像是大明星的私人旅行。

艾德華與雷蒙德父子無意隱藏行蹤，也是騷動變大的原因吧。他們反倒希望驚動媒體。

就算這麼說，卻也沒有提供記者會或訪問這種因應媒體的服務，最後是在趕來的警察保護之下離開機場。

他們前往USNA大使館。艾德華・克拉克是政府機構的職員，所以不能斷言這樣的待遇很奇怪。不過得知這件事的記者或播報員，大多在他們背後看見USNA政府的影子而畏縮。

過了下午一點半，他們搭直升機從大使館出發，一點五十分抵達魔法協會關東分部所在的橫濱灣岸高塔樓頂停機坪。

達也在面會預定時間的五分鐘前，抵達魔法協會關東分部。即使得知艾德華・克拉克已經在會客室等待，也沒露出慌張的樣子。

畢竟前一天才突然被迫空出時間赴約。

讓對方等一小時左右也行吧？這是達也的真心話。

即使如此，達也還是在時間前抵達……或許他受到「常識」束縛的程度超乎自己想像。

「初次見面，我是司波達也。」

在不同於昨天的女職員引導之下，達也和艾德華見面，以「日語」如此問候。這種做法或許幼稚，但起碼還是抵抗一下。

「初次見面。我是艾德華．克拉克。」

意外的是克拉克以流利日語回以問候。

「很榮幸見到您。」

不過達也這時候沒語塞，而是繼續以日語對話，可說是他厚臉皮的一面吧。順帶一提，他活用「過目不忘」這種特殊的記憶力，不只是英語，主要國家的語言幾乎都難不倒他。

「我才是。」

不改笑容回應的艾德華也和平凡外表不同，相當不能掉以輕心。達也在這短短的時間實際感受到這一點。

西裝穿得一絲不苟，深古銅色頭髮梳得服貼，搭配一八〇公分前後不胖也不瘦的標準體型，與其說是研究員或技術員，給人的印象更像是業務部門的幹部。不對，不是民間企業的業務員，是政府機構的特務。

肯定不只是外在的形象。即使原本是技師，艾德華・克拉克現在所盡的職責，也肯定類似政府特務。

受邀坐下的達也毫不客氣坐在沙發上。達也不客氣的舉止令職員忐忑不安，但是艾德華與不知為何同席的雷蒙德看起來完全不在意，坐在達也的正對面。

「我看過昨天的記者會了。司波先生，您的能源設施計畫令我嚇了一跳。」

這次是艾德華打開話匣子。

「不敢當。無論是空間與時間，都遠遠比不上狄俄涅計畫的規模。我認為狄俄涅計畫是人們畢生也無法完成的大事業。」

「您謙虛了。」

雖然很難聽出來，不過達也這番話帶著挖苦。他拐彎抹角批判該計畫無論在時間架構或空間架構，都是將魔法師隔離人類社會的計畫。

只看艾德華的表情，看不出他是否理解這一點。

至少，自以為是見證人的魔法協會職員看起來沒聽懂。

如果艾德華是聽懂卻維持撲克臉，那他果然相當不好惹。

「記得叫做重力控制魔法式熱核融合爐——魔法恆星爐是吧？那是為了建造能源設施而研發

的嗎？」

「是的。完美形態是直接利用海水的構造。」

艾德華表情稍微改變。

這證明他理解達也暗示「所以這個設施不能在太空使用」藉以牽制他。

「興建使用魔法恆星爐的能源設施，對於日本來說確實是極具價值的計畫。不過金星的地球化將成為全人類的希望。以托拉斯．西爾弗名義成功讓許多技術突飛猛進的司波先生，希望您務必參加狄俄涅計畫。」

不知道是開始焦急還是按照當初既定的步驟，艾德華突然提出真正的要求。

「我想您看過昨天的記者會就知道，我不是托拉斯．西爾弗。這種事不必我自己說，您肯定也『很清楚』。」

達也這番話的最後，是在調侃艾德華已經用「至高王座」調查過，所以應該早就知道。達也從雷蒙德那裡得知梯隊系統Ⅲ有這個後台系統。艾德華肯定也知道這個事實。

「托拉斯．西爾弗的名聲，來自軟體面的驚奇實績。換句話說，司波先生正是托拉斯．西爾弗的『主體』吧。」

「無論任何軟體，沒有對應的硬體就只是塗鴉。軟體與硬體不是你主我從的關係。」

「沒那回事。硬體沒有軟體就只是個箱子。」

「不過，實際工作的是硬體。」

雷蒙德以手肘輕戳父親側腹，艾德華故意清了清喉嚨。他察覺差點被達也帶開話題，試著重新掌握主導權。

「名為『托拉斯．西爾弗』的團隊昨天已經解散，所以我放棄邀請該團隊參加。相對的，我在此重新提出請求。司波先生，可以請您參加狄俄涅計畫嗎？」

「說來遺憾，我已經在昨天就任為魔法恆星爐能源設施計畫的負責人。如果一開始就不是對托拉斯．西爾弗喊話，而是直接要求我參加，我也可以選擇將能源設施計畫交給別人……但現在只能說您問得不是時候。不好意思，請放棄吧。」

達也當著魔法協會職員的面，明確拒絕艾德華．克拉克的請求。

◇　◇　◇

後來艾德華和達也繼續上演唇槍舌戰，不過雷蒙德到最後沒能駁倒達也。

艾德華也知道達也不會點頭。

但他完全抓不到對達也不利的語病，這對他來說是失算。

「我本來就覺得沒那麼好應付……卻比預料的還棘手。」

「爹地，所以怎麼辦？」

兩人現在位於USNA大使館安排的飯店客房。隨扈進駐兩側的房間。以政府相關機構職員來說，堪稱是特例的VIP待遇。證明艾德華‧克拉克不是普通的技師。

「和平手段或許無法達成目的。」

艾德華面對兒子沒有隱藏真心話。

「但我認為暗殺是最後的手段。」

對於父親的圖謀不軌，雷蒙德沒表現出道德上的避諱。

彼此沒有祕密或許是良好的親子關係，在人類教育層面卻大幅脫離世間規範。艾德華將「至高王座」的終端裝置交給雷蒙德的時間點，或許就認為忽略一般的道德良知也無妨。

「不過，既然不能利用狄俄涅計畫去除他的威脅，也得考慮這個手段吧。」

對於艾德華來說，狄俄涅計畫的目的不是開發金星。假如結果能讓金星地球化是最好的，不過真正的目的始終是去除司波達也的威脅，去除戰略級魔法「質量爆散」的威脅。

「但你說的對，這是最後手段。明天要接受電視台採訪，我在節目上煽動日本的輿論吧。」

「視結果決定下一步棋是吧？」

「沒錯，雷蒙德。」

「爹地？」

艾德華點頭之後板起臉，雷蒙德見狀擔心詢問。

「說不定，新蘇聯不等輿論操作就會使用強攻策略……」

艾德華擔心新蘇聯，具體來說是貝佐布拉佐夫的動向。

「要是使用強攻手段以不上不下的結果收場，可能會給司波達也反擊的材料。希望那邊可以自重就是了……」

「要用『至高王座』查查看嗎？」

對於雷蒙德的提議，艾德華搖了搖頭。

「聽說新蘇聯已經建構了對抗『梯隊系統Ⅲ』的反偵測系統。我想『至高王座』應該不會被抓到狐狸尾巴……但是可能會破壞當前和貝佐布拉佐夫的合作關係，我們不該冒這個風險。」

「爹地，我知道了。」

雷蒙德看起來不是滋味，但還是接受了艾德華的反對。

「那麼，我明天可以自由行動嗎？」

「別跑太遠就可以。對了，為了以防萬一，可以透露你要做什麼嗎？」

「我想去見緹雅。」

「緹雅？啊啊，北山家的千金啊。」

雷蒙德沉默片刻，大概是在腦中盤算，和ＵＳＮＡ也知名的北山集團總裁一家人加深交情的利弊吧。

「……還不錯吧？你就去吧。」

「嗯，知道了。」

雷蒙德以雀躍的腳步走向寢室，大概是去打電話給雫吧。

艾德華微笑目送兒子的背影。

◇ ◇ ◇

達也和雫的父親——北山潮在星期日進行的面會，在和樂的氣氛中迅速結束。

在東道青波的遊說之下，潮確定協助ESCAPES計畫。不是東道強迫的。為魔法師提供軍隊以外的職場，本來就符合潮的願望。

現階段還沒無法討論具體的建設費或營運費，所以達也今天只對潮報告記者會上沒說明的更詳細計畫內容就結束。

「聽你說得很有趣。這段時間真是充實。」

潮愉快地送達也與深雪到會客室出口。

「不只是製造氫，以恆星爐的電力，要抽取鋰、鈷與鈾應該都能獲利。我集團底下有公司在研究如何採集海水資源，所以會在各方面研討看看。」

「麻煩您了。」

即使魔法工學相關的知識與見識一流，達也的工業知識終究僅止於高中生範圍。以獲利為前提抽取資源的訣竅，是達也最想要的東西。獲得潮全面協助的承諾，對達也來說前進了一大步。

「伯父，方便見雫一面嗎？」

女兒的朋友一起前來求助，也大幅軟化潮的態度。深雪正如達也的期待（形容為「正如達也的計畫」或許比較正確）派上用場。

「你們願意這麼做，我女兒也會高興的。」

深雪要求見雫，潮也笑盈盈地答應。

「老爺。」

不過在這個時候，資深女傭從旁邊插嘴。

「什麼事？」

「雫大小姐正在接待訪客。」

「訪客……？這麼說來，我都忘了。」

「看來她在忙。那我改天再找機會吧。」

「啊啊，不。」

聽到有訪客，深雪想要就此告退，不過潮制止了。

「這裡說的訪客，是雫留學時認識的男學生……昨天突然說想見雫。這個要求不合常理，本來想叫雫拒絕，但對方預定很快就要回國，所以也不能不給個面子。對方跟你們也有一些緣分，可以幫我過去看看嗎？」

「對方和我有一些緣分？」

聽到潮這麼說，發問的不是深雪，是達也。

「那名少年叫做雷蒙德·克拉克。」

以大企業集團總裁的情報網，不可能不知道「克拉克」這個姓氏代表什麼意思。達也終於理解潮的意圖。

「伯父，知道了。請容我們參與。」

深雪鞠躬回應。

「這樣啊。妳帶他們到女兒房間吧。」

潮立刻命令傭人。

過程順暢得像是預先備好劇本。

雫不是在自己房間，而是在茶室接待雷蒙德。

茶室的門就這麼開著。即使傭人隨侍在側，潮也不准雫和同年代的男性在密閉房間共處吧。但也可能是雫的母親這麼吩咐。

「雫，打擾了。」

「啊，深雪……」

從走廊一叫，雫立刻看過來。不知道是否多心，她看起來鬆了口氣。

「雷蒙德．克拉克，打擾你們聊天了。」

「司波達也……嗯，請進請進。」

深雪與達也闖入令雷蒙德愣住，但是達也打完招呼，他立刻笑著回應。

「昨天沒能好好聊，這樣正好。」

雷蒙德的注意力移向達也。

「有話對我說？」

你不是來追雫的嗎？達也疑惑心想，但他也好奇雷蒙德會說些什麼，所以就這麼坐在他的正對面。至今坐在雷蒙德正對面的雫，在達也回應雷蒙德之前就起身移動到旁邊座位。

深雪坐在達也與雫中間。

「我想問你的想法。」

雷蒙德看都不看深雪，回答達也的問題。

「達也，我問你。」

雷蒙德以裝熟的態度，如此稱呼達也。

總之，比起使用「破壞神（The Destroy）」這種光聽就不好意思的名稱好得多，所以達也對此決定不多說什麼。

「那個恆星爐能源設施計畫……那個，沒有更方便的稱呼嗎？」

「你查一下不就知道了？」

對於雷蒙德的問題，達也暗中酸他可以用「至高王座」調查。

「要是查過就知道，就不會讓你開什麼記者會了。」

雷蒙德一臉賭氣的表情移開視線。

看男人鬧彆扭的樣子沒什麼好玩的，所以達也很乾脆地告知「叫做ESCAPES計畫」。

「ESCAPES計畫啊。意思是……算了，我不過問。」

雷蒙德問到一半就打住。比起「ESCAPES」是什麼全名的縮寫，他更直覺領悟到達也想表達的意思是「escape」的語意本身。

「你真的要實行ESCAPES計畫？」

「大家都問我類似的問題。」

達也露出不耐煩的表情，說出這句開場白。

「ESCAPES計畫不是狄俄涅計畫的墊背。到頭來，這項計畫在你們謊稱要將金星地球化之前就完成架構。」

接著以不對雷蒙德抱持絲毫善意的語氣這麼回答。

「說我們是『謊稱』真過分。」

「你們真的打算將金星地球化？」

雷蒙德向達也抗議，但聽到達也重新這麼問，他答不出來。

「要達到實際能移居的階段，恐怕不只需要十年二十年的期間，這是以百年為單位的事業。必須投入資金與勞力長達數個世代。我不認為USNA有認真進行這種大事業的動機。不，不只是USNA，我不認為現在地球上有哪個國家有這種動機。能夠成就這項大事業的應該是世界政府吧？我是這麼想的。」

「……火星移居計畫實際進行中喔，而且真的是以百年為單位。」

「只在計畫階段吧？甚至還沒確立移動的手段。」

「透過這個宏偉的計畫，不認為可以促進世界政府成立嗎？」

雷蒙德看局勢不對，改變反駁的切入點。

「硬是將世界合而為一，也只是讓戰爭變成內亂。」

不過這個反駁，只讓達也拿出別的反駁就告終。

「……達也真沒夢想耶。」

「我只做會實現的夢想。」

雷蒙德的挑釁也不足以撼動達也內心。

「你這樣，一點都不浪漫。」

不過，雷蒙德這次也沒灰心。看來達也這句話碰觸到雷蒙德不能退讓的部分，碰觸到他心目中的「聖域」。

「不是因為能實現而做夢。不知道是否能實現卻懷抱希望，這才叫夢想吧？」

「原來你是浪漫主義者。所以對你來說，『狄俄涅計畫』是忽略實現可能性的浪漫嗎？」

「人們以魔法，以心的力量飛向宇宙。這不正是浪漫嗎？」

「為什麼要把我拖下水？」

「……咦？」

雷蒙德露出完全出乎意料的表情僵住。

「想以魔法之力前往宇宙。我不會否定這個『夢想』。不過這是你的夢想吧？我肯定沒有非得協助的理由。」

「這……」

「你們想把我綁死在『狄俄涅計畫』的理由，不是為了追尋夢想。是基於更現實的計算。」

「……我知道了。那麼，來聊現實上的問題吧。」

雖然看起來完全被駁倒，雷蒙德出乎預料死纏爛打。

「透過海洋開發，地球環境負載力或許會晚一點才達到極限。不過地球面積有限。時間再怎麼延後，遲早會達到無法承受人口膨脹的極限。」

「我不否定這個未來。」

「那麼，宇宙開發再怎麼困難，也是必須正視的現實吧！人類為了繼續繁榮，肯定得趁還有餘力的時候邁向宇宙。」

「為什麼宇宙開發會是解決人口膨脹的方法？」

「咦……？」

雷蒙德這次真的露出打從心底聽不懂的表情。

「……因為，本來就是這樣吧？地球的環境負載力有限，所以非得走出地球……」

無所適從的雷蒙德，以結巴語氣反駁。

「宇宙是有限的空間。」

「這……或許吧。不過……」

「能夠改造成適合人類生存的空間更有限。」

「…………」

「即使開發宇宙，也無法逃離極限。人類只能做一件事，就是將極限來臨的時間延後。」

「……這是偏激的論點。」

「既然怎麼做都只能將極限來臨的時間延後，就應該從能做的事情依序做起。」

「——你這是用偏激的論點狡辯！宇宙沒有事實上的極限！只要有魔法，人類就能在無垠的邊界翱翔！」

「不過，『ESCAPES計畫』的目的不是解決人口膨脹的問題。」

「——！」

「我完成恆星爐並且實現計畫，是為了實現我自己的目的。你們就為了實現你們的目的邁向宇宙吧。如果這是你們真正的目的。」

不知道該如何反駁的雷蒙德，露出受到打擊的痛苦表情慢慢起身。

「緹雅，抱歉。我要走了。」

「啊，嗯。」

「……達也，我們絕對不會讓你跑掉。」

「我絕對不會被你們囚禁。」

「願你將來不會為這句話後悔……那麼，緹雅，改天見。」

雷蒙德在最後依依不捨轉身看向雫一次。

「……嗯。雷，再見。」

雫回答之後，雷蒙德露出寂寞的笑容，從沒關上的門離去。

◇ ◇ ◇

雖然不算沉重，但事後有些尷尬的氣氛坐鎮在茶室。為了通風順便改變氣氛，雫指示女傭打開窗戶。

她自己則是操作遙控器打開電視。這也是想藉此換個心情，但播放的節目成為反效果。

「雫，麻煩繼續看這台。」

達也制止要轉台的雫。

畫面上，接受訪問的艾德華．克拉克繼續講評。

『——所以，如果要讓魔法真正造福人類的未來，就應該活用在宇宙開發。』

電視上的艾德華講英語，字幕同步翻譯他說的話。

『我認為魔法核融合爐是了不起的發明。不過這應該用在燃料補給困難，陽光供給也不穩定的地方，例如木星的衛星上。既然是核融合發電，即使在衛星公轉進入木星暗處的時期也能穩定供電。』

「不過木衛三的公轉週期才短短七天，木衛四也只有十七天左右。」

達也以挖苦的語氣輕聲說。

他的聲音當然傳不到電視的另一邊。

『海洋開發不必使用魔法，也能以其他技術代替。使用海面太陽能發電或地熱發電，肯定就能確保設施所需的動力。魔法這種罕見的才能，應該放在更有意義的用途。』

「這我們剛剛才聽過吧？」

深雪不是嘲諷或挖苦，是以率直感到疑問的語氣詢問達也。

「因為他們是父子。」

「是父子？」

雫稍微表示驚訝。

「雖然沒和那邊的公家單位確認過，但應該沒錯。」

「這樣啊……」

「妳不知道嗎？留學的時候，沒參加家族派對之類的？」

達也這麼問，是因為他先入為主認為美國比日本更常舉辦以家庭為單位的派對。

「雷家沒辦過派對。」

雫留學時經常被叫去參加派對，並不是達也的誤解。不過家長介入兒女人際關係的程度因人而異，每個家庭都不同，美國在這方面看來和日本沒有兩樣。

『請司波達也先生務必參加我們的計畫，開拓人類的未來。我如此期盼。』

艾德華在電視上口沫橫飛說著表面話。

正確看穿他真心話的達也，以嘲笑回應這段說詞。

二〇三〇年代在全國十處設立的魔法技能師開發研究所，到了二〇九七年的現在，半數還在運作，半數已經封鎖。只不過，對外宣稱封鎖的五所研究所，其中三所更換招牌與東家，現在實質上依然存續。

設立在奈良的前第九研——前魔法技能師開發第九研究所，也改成九島家、九鬼家、九頭見家共同出資的民間研究所「第九種魔法開發研究所」繼續研究魔法。第九種魔法開發研究所表面上研究的魔法，是比起作用於事象的魔法稍微過時的知覺系魔法。

第九研說他們在研究知覺系魔法，並不是謊言。

不過，並不是只研究這種魔法。

現在第九研誕生的研究成果之一，就是去年夏天折騰達也的寄生人偶。將人類精神的獨立情報體「寄生物」封入女機人體內，讓自動人偶擁有魔法能力的人型兵器。

寄生人偶因為運用上不盡人意，所以還沒進入實用階段就凍結，不過性能本身被評為足以禁得起實戰。正因如此，所以不是作廢，而是凍結。寄生人偶依然以休眠狀態保管在第九研。

二〇九七年六月二日，星期日夜晚。

某個人影接近第九研森嚴保管寄生人偶的倉庫。

在緊急照明的微弱燈光中浮現的，是妖豔得無法想像是此世應有，如神似魔的美貌。

九島光宣原本就是俊美脫俗的少年，不過在夜晚的黑暗之中，神祕性與魔性徹底蓋過人性，展現為跳脫人類範疇的存在。

光宣輕易打開倉庫的門。

不是使用魔法，也不是入侵系統破解。

他沒多花這種力氣，而是使用鑰匙。這把鑰匙是剛才向研究設施的管理部借來的。

光宣踏入保管庫內部。空調夠強的室內涼得令人發寒，維持適度的乾燥。

幾乎感覺不到靈氣。在古式魔法混合現代魔法的「九」之魔法屬於天之驕子的光宣，也擁有精神干涉系魔法的天賦，可以感應靈子波。雖然不像擁有特殊眼睛的美月能看見靈子本身，卻可以識別靈子產生的波動。依照他實際的感覺，形容為「聽別」或許比較適切。

即使是這樣的光宣，也沒感應到活化的靈子波動。證明寄生人偶的主體妖魔「寄生物」以休眠狀態固定。

『攝取這些傢伙，我就能變得健康嗎？』

『攝取一具就夠了。雖然無法避免部分身體變成寄生物的構造，不過以「我」的能耐應該不會被侵蝕自我。』

內心提出的疑問，由周公瑾的知識回答。

光宣使用讓寄生物隸屬的忠誠術式，吸收了周公瑾的亡靈。

忠誠術式是用來「服從」，不是「合體」。

基於這個性質，周公瑾的亡靈是以第二意識的形式，「追加」到光宣的意識。

對於光宣來說，就是一名沒有自我的建言者，一名靈體ＡＩ助手追加到他的意識。不，感覺比較像是連結到他的意識。

『……部分身體？』

『依照美軍的情報，腦部會追加通訊用的器官。』

『形成這種東西，沒有害處嗎？』

『無法保證完全無害。不過，「我」之所以經常病倒，是因為想子無法在身體的容許範圍內控制。寄生物比人類擅長控制想子，所以化為寄生物可以完全去除身體問題。』

『既然這樣，我學會控制想子的技術不就好了？』

『理論上是這樣沒錯。不過，「我」的身體應該無法承受這種修行吧。』

光宣咬住嘴唇。這段議論最後的部分，不是現在第一次提及。追加的意識（形容為「增設知性」或許貼切）只會回答他問的問題，不會說「怎麼又問了」這種話。所以不知不覺就會重複相

同的問答，但因為該意識沒有「重複」的概念，所以答案也總是一樣。

到最後，光是進行普通的努力，光宣將永遠無法活躍於關鍵場合。而且他的身體甚至不允許他進行克服缺陷所需的特別努力。光宣早就知道自己光靠努力無法克服身體的缺陷。

所以他今晚來到這裡。

這裡有著讓他擺脫身體缺陷的手段。

要喚醒休眠的寄生物，要讓寄生物依附在身上，對他來說都不是難事。

雖然沒經驗，但他知道毫無問題做得到。

在第九研累積的知識與「增設知性」告訴光宣做得到。

再來，只要做出決定。

只要光宣下定決心。

下定拋棄人類身分的決心。

不知道他佇立了多久的時間。

化為俊美少年雕像的光宣，因為有所動作而回復為人類。

光宣轉過身去。

離開倉庫關上門。

亡靈變成的建言者不發一語。增設知性只會回答他問的問題。

對於轉身離去的光宣，亡靈沒問這個選擇是否正確。

◇◇◇

上完電視節目之後，艾德華・克拉克只向魔法協會留下簡短的謝辭，就和兒子一起回國。

抵達洛杉磯國際機場的當地時間是上午六點。艾德華稍做休息，在下午兩點到自己的辦公室上班。

國家科學局的加利福尼亞分局裡，沒有艾德華的上司。分局長也不知道艾德華在做什麼。艾德華擁有完全私人的辦公室以及完全自由的裁量權。這原本是避免梯隊系統Ⅲ的祕密洩漏給同僚的措施。不過現在變成為了推動日本洲際戰略級魔法對策所賦予的特權。

「那邊是早上七點嗎……」

艾德華的呢喃是下意識的自言自語。這無疑是在單人房工作的弊害，但當事人沒自覺。沒人對他指摘過這一點，所以可能是只限定在這個房間的習慣。

「應該多等一下嗎？不……」

大概是用來整理思緒的某種儀式吧。

艾德華停止迷惘，面向通訊機。外型是普通的視訊電話，卻嵌入利用梯隊系統Ⅲ的防竊聽系統。是限定通話對象的電話機。

他打電話到新蘇聯。位於海參崴的新蘇維埃科學協會極東總部某個房間。通話對象不用說，正是伊果．安德烈維齊．貝佐布拉佐夫。

「早安，博士。」

『早安。不，您那邊已經過中午了吧。』

光看視訊電話的畫面，貝佐布拉佐夫臉上沒有睡意。

「抱歉這麼早打擾您。」

『如果是這邊剛剛好的時間，您那裡就是深夜了。請不用在意。應該是有急事吧？』

「並不是十萬火急，但是想立刻找您談談。」

『說來聽聽吧。』

原本考慮到親和力而露出柔和表情的貝佐布拉佐夫，臉孔嚴肅繃緊。

「您或許已經知道……」

艾德華的表情也變得認真，應該說沉重。

「日本的戰略級魔法師——司波達也拒絕參加狄俄涅計畫，提出另一項計畫對抗。」

『我知道。我即時收看了記者會的實況轉播。』

艾德華腦海掠過「不妙」的念頭。

貝佐布拉佐夫不可能對司波達也的記者會不感興趣。即時收看實況轉播令艾德華意外，但是應該預料到他在昨天的時間點就知道記者會的內容。

或許貝佐布拉佐夫已經逕自擬定對策。心想可能為時已晚的艾德華，裝出冷靜表情想繼續這個話題。

『使用重力控制魔法式熱核融合爐──「恆星爐」的能源設施。這個計畫很吸引人。我甚至想申請聯手研究。』

但是慢了半拍。艾德華重重挨了貝佐布拉佐夫這一記。

『啊啊，請別露出這種表情。我是開玩笑的。』

「博士，您個性真壞……」

即使知道這是貝佐布拉佐夫掌握主導權的做法，艾德華依然掩不住狼狽的痕跡。

『不好意思。不過，能源設施計畫很吸引人，這是千真萬確的事實。要將司波達也驅逐到木星圈應該變難了吧？』

「我不認為狄俄涅計畫受挫。我會對我國政府施壓，不讓日本政府核可興建能源設施。也可以讓設施興建到一半出事。總之，希望博士能繼續協助狄俄涅計畫。」

貝佐布拉佐夫輕輕「嗯……」了一聲，露出思索的表情。

『我原本想檢討看看有沒有什麼方法，能夠更直接除掉戰略級魔法「質量爆散」……』

「博士！」

『但是既然克拉克先生這麼懇求，我就暫時靜觀其變吧。』

「……謝謝您。」

「果然如此」的想法增強艾德華的安心感。他害怕貝佐布拉佐夫衝動行事而失敗。如果攻擊成功就不成問題。貝佐布拉佐夫若能抹殺司波達也，對ＵＳＮＡ來說可是謝天謝地。

但是，如果失敗……

貝佐布拉佐夫或許有自信不留下自己涉入的痕跡，但是全世界都知道他是戰略級魔法師。司波達也光是以魔法攻擊的痕跡宣稱遭受貝佐布拉佐夫偷襲，世人疑惑的目光就會投向這邊。

被懷疑的不只是新蘇聯。全世界的人們都記得貝佐布拉佐夫率先支持狄俄涅計畫。要是背了暗殺的黑鍋，狄俄涅計畫真的就會受挫中止。

為了避免這個下場，艾德華擱置所有事情，先打電話給貝佐布拉佐夫。

『可是，克拉克先生……』

然而貝佐布拉佐夫還沒說完。

『如果狀況變成不可能拉司波達也加入狄俄涅計畫，我國將會選擇走自己的路吧。若是為了消除質能轉換魔法的威脅，我國不會排除任何選項。』

貝佐布拉佐夫說的「選項」包括使用戰略級魔法「水霧炸彈」。這一點無須確認也很明顯。

艾德華喉嚨乾燥到差點咳嗽，拿起寶特瓶礦泉水喝。

「——抱歉失禮了。為了避免這個結果，我會儘快安排。」

『我也這麼希望。』

貝佐布拉佐夫的臉從螢幕消失。對面自行結束通訊。

艾德華・克拉克在強烈的焦躁驅使之下，朝另一台電話機伸手。

◇◇◇

外務省職員造訪魔法協會京都總部的會長室，是在星期二中午之後，會長十三束翡翠剛吃完午餐回來的時候。

「——意思是要魔法協會向四葉家施壓？」

「您可以這樣解釋。」

「不可能！」

翡翠甚至忘記客套，放聲大喊。

「魔法協會無權命令或禁止魔法師怎麼做！」

翡翠這番話不是逃避責任的謊言。魔法協會是魔法師的互助組織，不是整合魔法師的組織。

「但是對魔法師擁有強大的影響力吧？國際魔法協會甚至可以組織超法規的懲罰部隊。」

「這種事只限定在阻止使用核武這個目的才做得到！日本魔法協會沒有妨礙魔法師私人經濟活動的影響力！」

「是這樣嗎？」

「就是這樣！」

外務省職員由衷詫異反問。

看來這個人沒有魔法師好友。如此心想的翡翠努力說服他接受。

「而且，十師族裡強力的魔法師比魔法協會多。即使協會真的能組織懲罰部隊，也沒辦法讓四葉家敬畏。」

「十師族也不是團結一致吧。」

不過大概是論述方式錯誤，外務省男性說出讓翡翠壓力倍增的這句話。

「意思是要我教唆十師族起內鬨嗎？」

「『教唆』這個用詞不當。我們不希望魔法師內鬥。只是覺得組織內部相互牽制，藉以抑制成員失控，應該是正確的自治方式。」

「魔法協會不是十師族的總管。」

感覺心窩傳來陣陣疼痛的翡翠，忍痛拚命反駁。

「我們不這麼認為。因為客觀來看，在自稱十師族的魔法師社群，擁有最強影響力的就是魔法協會。」

不過，對方似乎沒聽進去。

「那麼，萬事拜託了。」

外務省職員像是放話般說完離席。

在剩下自己一人的會長室裡，翡翠反胃冒冷汗，按著愈來愈痛的腹部。

◇　◇　◇

日本政府之所以開始妨礙ESCAPES計畫，不用說，當然是USNA政府的要求。現階段的日本政府，不覺得抽取海洋資源是多麼大的利多。

這是過去淒慘失敗至今的架構，所以對實現性與經濟性採取懷疑態度吧。相較之下，政府重視的是避免在外交與貿易面出現弊害。

不過，財經界的反應不同。

「北方先生，聽說您早早就參與那項事業了。」

「北方」是北山潮的商業姓氏。即使是非正式的午餐會，只要有商業假名就不以本名稱呼，這在經濟界是一種禮貌。此外在政府或自治組織的官方活動，大多只能使用本名。

「不愧是室町先生，消息真靈通。」

潮回應的「室町」也不是本名。對方是規模不如潮的北山集團，歷史卻悠久得多的舊財閥系企業群的實質大老闆，在財經界就像是潮的老大哥。

「好像也已經決定出資？究竟是透過什麼樣的緣分？」

另一側的鄰座，同樣是老面孔的財經界人物這麼問。

「居然知道這麼多。我才想請教岩山先生，您是從哪一位口中聽來的？」

「這是另一回事。我從各種管道打聽的。」

潮與岩田同時笑開懷。岩田和室町不同，對於潮來說是敵對企業集團的總帥，不久前才在搶奪海外的大訂單。不過彼此絲毫沒把這種事寫在臉上。

「沒什麼好隱瞞的。司波是小女的同校同學。」

「這麼說來，記得令嫒就讀魔法大學附設第一高中對吧？」

「你們建立交情了嗎？」

不是室町也不是岩田，坐在正對面座位的人向潮搭話。潮和達也為了計畫見面明明只是前天的事，消息卻完全傳開了。

應該是東道青波蓄意放出風聲吧。潮一邊親切回應搭話的對象一邊心想。

即使聽到可能獲利的新事業，也很難自己決定出資。不過既然已經有人花大錢投資，就會想要搭個順風車。對於一同出席的財經界大老來說，蓋一座設施的金額僅止於「出點錢試水溫吧」的等級。

「怎麼樣，北方先生，方便引介司波嗎？」

只要一個人打前鋒，同樣的要求就爭先恐後般湧向潮。

出資者增加，對於潮來說也不是壞事。

畢竟可以分散風險，而且干預事業的人增加，也可以帶風向引導他們委託潮帶頭整合，結果就是潮自己在該計畫的發言增加份量。

「我會將各位的希望轉告司波。」

午餐會即將結束的時候，潮面帶笑容這麼回答。

◇　◇　◇

結束一天的訓練喘口氣時被告知到司令室報到，使得莉娜在心中板起臉。僅止於心中。她好歹也已經「幾乎」不會在接到命令的時候露出厭惡的表情。

上次被叫去司令室接到的命令是保護艾德華．克拉克，結果令她得知她不想知道的ＵＳＮＡ

軍黑暗面。這次該不會又沒什麼好結果吧？莉娜感到憂鬱。

雖然這麼說，但是長官命令她過去，她不能拒絕。反叛與逃走都還不是莉娜的選項。

「班？你也被司令叫來？」

「總隊長閣下也是嗎？」

不祥預感在莉娜內心膨脹。莉娜與卡諾普斯同時受命前去報到並不稀奇，受命保護艾德華·克拉克的時候反而只有莉娜一人。在紀德·黑顧——顧傑事件那時候，莉娜受命留營，工作由卡諾普斯接收。

即使等待莉娜的任務不會有什麼好結果，只要卡諾普斯陪同，他就很可能代勞。和卡諾普斯一起被叫去，對於莉娜來說肯定便於行事。

不過，這次她無法壓抑不祥的預感。等待她的或許是非得自己與卡諾普斯同時出動的棘手任務。她忍不住這麼想。

「安潔莉娜·希利鄔斯少校報到。」

「班哲明·卡諾普斯少校報到。」

「進來。」

基地司令渥卡上校從門後出聲回應。

莉娜制止卡諾普斯，自己開門。

下一瞬間，莉娜看見不可能位於這裡的高級軍官而佇立不動。

「巴藍斯上校閣下……？」

莉娜愕然低語，驟然回神之後，連忙踏入司令室一步，以像是會發出「啪」這個聲音般的氣勢敬禮。

卡諾普斯迅速站到莉娜身旁。

渥卡上校起身向兩人回禮。

「放輕鬆。」

渥卡對兩人說完，坐回椅子上。

相對的，巴藍斯就這麼站在辦公桌旁。

「希利鄔斯少校、卡諾普斯少校，雖然是特例，但我想聽你們兩人的意見。」

「意見嗎？」

「沒錯。我想先聽你們的意見，再決定這個任務要不要交付給STARS。」

渥卡這番話，令莉娜與卡諾普斯不禁轉頭相視。

如渥卡自己所說，這是特例。擬定作戰時徵詢部下的意見很正常。不過在這種狀況，應該達成的目的已經確定，只是詢問手段。要不要執行任務，原則上是由更上層決定，而且幾乎不可能有例外才對。

「我想你們已經知道，日本在當地時間二〇九五年十月三十一日投入戰略級魔法，造成通稱『灼熱萬聖節』事件的魔法師，是名為司波達也的少年。」

莉娜與卡諾普斯同時向渥卡回以肯定的答覆。

「知道司波達也回絕國家科學局（NSA）的邀請，擬定新的計畫嗎？」

「下官知道。」

回答的是卡諾普斯。莉娜也知道「達也好像拒絕參加狄俄涅計畫」，卻不清楚詳情。

「使用重力控制魔法式熱核融合爐的能源設施。這個計畫如果實現，我國的資源產業將會再度受到重創吧。」

能源供給從化石燃料轉移到太陽能、風力、地熱與生物燃料，使得石油、石炭、核能相關企業受到重創。即使如此，這些企業還是進軍需要遼闊土地的生物燃料領域，開發小型核子反應爐給難以利用太陽能的低日照地區，好不容易重振業績存活到現在。

——此外，由於抑制核分裂隔絕輻射的魔法順利發展，人們對於核能的反感反而低於上個世紀。核能發電之所以衰退，主要是鈾資源水漲船高，加上為了防止發生意外非得僱用魔法師造成的人事成本負擔。核武只是封印，至今還沒釋出飾作為民生用途。

「即使不考慮產業界的問題，要是不能以狄俄涅計畫剝奪司波達也戰略級魔法的威脅，對我們美利堅來說不甚理想。」

「不會吧」的想法在莉娜內心抬頭。

「對此，參謀總部有人提議是否要暗中破壞司波達也的能源設施。也有人表示如果能在設施興建階段暗殺司波達也，推測擁有洲際射程的戰略級魔法『質量爆散』的威脅就能完全排除。」

差勁透頂。

莉娜如此心想。

雖然不知道詳情，不過依照現在聽到的情報，達也計畫的是興建民生用設施。因為不合企業家的意，所以這邊要動用軍力摧毀。

光是這樣就難以接受，但真正的目的似乎是暗殺達也。STARS從什麼時候成為黑社會的殺手集團了？

「希利鄔斯少校、卡諾普斯少校，你們認為呢？」

「上校閣下，下官可以發言嗎？」

對於渥卡的詢問，莉娜刻意要求准許回答。

不是因為保持冷靜。恰恰相反。

莉娜自覺腦袋在沸騰，因此更想以僅存的自制心維持軍人應有的紀律。

「我准。」

渥卡沒表露任何情感，准許莉娜發言。

「下官反對。質能轉換魔法確實是威脅，但司波達也是同盟國的人，沒和我國敵對。只因為有潛在威脅就暗殺，這是黑社會的做法。屬下認為軍方不該犯下這種暴行。」

「上校閣下，我也反對。」

「卡諾普斯少校，你也是嗎？」

渥卡面無表情聆聽莉娜的意見，卻在卡諾普斯表明反對的時候透露意外感。

「是的。暗殺的對錯無須多說，我也不認為破壞設施是上策。能源產業確實會暫時受到重創吧，不過從海水取出廉價氫燃料供給，想必也有助於我國的民生。對於司波達也，我國應該採取的行動不是暗殺或妨礙，而是提供核融合爐的知識與心得才對。」

「你認為不應該妨礙，而是利用嗎？」

「是的。到頭來，因為對能源產業有負面影響而由軍方妨礙，將會成為軍方為了特定領域企業的利益而遭到利用的不良前例。我不否定軍方在某方面和財經界是互助關係，但還是必須有個限度吧。」

「渥卡上校，也可以容我發表意見嗎？」

站在渥卡司令辦公桌旁邊的巴藍斯插嘴說。

「請說。」

渥卡至少表面上爽快答應了。

「謝謝。不提希利鄔斯少校的原則論，卡諾普斯上校的意見，我認為值得考慮。」

這番話令莉娜受到打擊，但巴藍斯視而不見。她繼續向渥卡表達意見。

「不是魔法師的人們，對STARS的評價有著敏感的一面。要是STARS為了特定企業或產業的利益而行動，即使只是表面看起來如此，也恐怕會引來其他產業領域或消費者團體的強烈反彈。」

「不過破壞任務是暗中進行啊？」

「對方也不是無能。破壞設施又不讓對方掌握任何線索，是不切實際的如意算盤。」

渥卡不能不認同巴藍斯的指摘。對備受世間注目的興建中設施暗中進行大規模破壞計畫，要完全隱瞞這個事實幾乎不可能。

只要調查破壞的痕跡，想偽造成意外也有極限。要讓其他軍事勢力背黑鍋，前提是事件未經過詳細的調查。徹底裝作不知情或許能免於受到處罰，卻難免遭人閒言閒語。若要不留證據，暗殺單一個人——暗殺達也肯定容易得多。

「貴官與兩位少校的意見都是弊大於利嗎……知道了。我向參謀總部申請中止作戰吧。」

對於渥卡做出的結論，最感到安心的是莉娜。

◇　◇　◇

離開司令室之後，巴藍斯借用另一個房間，帶莉娜進房。

「希利鄔斯少校，最近狀況怎麼樣？」

「是，沒問題。」

兩人隔著一張桌子坐下。巴藍斯表示站著不方便說話，命令莉娜一起坐。

擺在莉娜面前的馬克杯裡不是蜂蜜牛奶，是美式咖啡。大概是認為喝牛奶無法做榜樣，所以莉娜去年從日本回國之後，在個人房間以外的地方都只喝咖啡。不過最近因為腸胃不適，所以泡得太濃的咖啡不能喝，而且奶精與糖不可或缺。

「這樣啊。」

巴藍斯面前也擺著美式咖啡，但她喝黑咖啡。大概是原本就泡得很淡，要是加入奶精與砂糖就喝不出咖啡味吧。

「關於剛才那件事……」

「是。」

莉娜在椅子上挺直背脊。雖說室內只有她們兩人，但是不知道會以何種方式遭人竊聽。是否能在這種場所說出來？莉娜感到緊張。

「渥卡上校嘴裡那麼說，但還不知道參謀總部會做出什麼決定。說不定會命令我們出動。」

「到時候下官會完成任務。」

因為在意不知道是否存在的「眼」，所以莉娜的反應快到不必要的程度。

「嗯。」

巴藍斯應該不是沒察覺，而是故意放過吧。也可以說她示意這種程度不成問題。

「國防省內部也有其他意見。」

「您的意思是說，對於司波達也的處置還有其他方針嗎？」

巴藍斯的語氣像是自言自語，但是莉娜沒聽漏如此反問。

「有意見指出不應該對決，而是利用。和卡諾普斯剛才提出的意見接近。」

「是班所說的……提供核融合爐知識與心得的意見嗎？」

「沒錯。經濟方面吸收魔法核融合爐的知識與心得，軍事方面則是分擔遏阻力。」

「分擔遏阻力……？」

莉娜不明就裡而困惑，巴藍斯見狀失笑。

「希利鄔斯少校，這個分擔案的當事人是妳。」

「啊？下官是當事人？」

「妳還不懂？」

巴藍斯的笑容，與其像是在說「妳這個傻丫頭」，更像是在說「真拿妳這丫頭沒轍」。

「從『灼熱萬聖節』的狀況來看，對方似乎也能使用衛星瞄準系統。精密程度恐怕高於我們的系統。如果這方面的技術也能一起吸收，就能以妳的『重金屬爆散』和司波達也的『質量爆散』壓制全球的軍事勢力。至少肯定能讓各國取消大規模軍事行動的計畫。」

「我和達也合作……？」

「我軍原本就不想只把妳的戰略級魔法用在國防。因為不同於專精據點防衛與攻略的『利維坦』，『重金屬爆散』不必刻意挑選使用場所。」

正確來說，「重金屬爆散」必須在重金屬塊夠多的場所才能充分發揮威力，在起伏劇烈的地理環境效果有限。

不過，相較於只能在海洋、遼闊湖泊或大河等水源豐富的地形才能發揮真正價值的「利維坦」，「重金屬爆散」的自由度較高。從不被地理條件影響的層面看，「重金屬爆散」比不上「臭氧循環」或「神焰沉爆」，但若加入威力或發動速度等其他條件考量，「重金屬爆散」堪稱適合取代戰略彈道飛彈作為遏阻力。

「沒什麼好驚訝的吧？新蘇聯與日本。我們要擇一結盟的話，日本是比較好操控的對象。所以如果變成要這麼做，妳的態度不要太奇怪啊。」

這番話表面上是在提醒「即使至今是敵人，決定化敵為友之後就不要懷恨在心」。但是巴藍斯懷疑莉娜可能對達也抱持特殊情感，她說的「奇怪態度」是令人懷疑莉娜私通敵人的態度。

巴藍斯叫莉娜來這裡，看來是要預先暗示莉娜和達也聯手的可能性，並且警告莉娜在必要的時候不要展現出引人猜忌的態度。

「……是。下官遵命。」

「姑且記在心裡啊。」

看著莉娜靠不住的表情，巴藍斯心想「幸好先找她談過」。

◇ ◇ ◇

巴藍斯、莉娜與卡諾普斯離開司令室之後，經過一段時間，渥卡上校叫來STARS第三隊的艾克圖魯斯隊長與第四隊的貝格隊長。

「亞歷山大・艾克圖魯斯上尉報到。」

「夏綠蒂・貝格上尉報到。」

「進來。」

渥卡邀兩名隊長進入司令室。

如她們自己所說，兩人的階級都是上尉。雖然階級低於莉娜與卡諾普斯，但是和莉娜同軍階人數多達六人的STARS現行組織形態本來就有問題，隊長艾克圖魯斯與貝格的階級低於總隊長莉娜，就某方面來說很正常。

只不過，和莉娜同樣是女性又大她十幾歲的貝格，對於自己階級低於莉娜抱持不滿。因此貝格和莉娜處不來。貝格單方面敵視年紀較小的莉娜。

艾克圖魯斯不會頂撞莉娜，但是交情也稱不上親密。

前年平安夜前一天被處決──被莉娜殺害的佛瑪浩特中尉，是艾克圖魯斯上尉率領的第三隊隊員。

使用發火念力殺害許多人的佛瑪浩特應當遭到處決。艾克圖魯斯對此可以接受。但是不給佛瑪浩特在軍事法庭辯解的機會，而且即使佛瑪浩特抵抗在先，莉娜卻當場將他射殺，這種做法確實令艾克圖魯斯內心不是滋味。

渥卡挑選這兩人的背後原因，肯定是他們和莉娜或卡諾普斯的內心有段距離。

「接下來對你們說明的任務絕對要保密。也不能告訴總隊長希利鄔斯少校。」

「知道了，長官。」

艾克圖魯斯在回應遵命的同時疑惑蹙眉，貝格則是雙眼閃亮。大概是很高興搶先莉娜吧。或許該說她老大無成，不過即使是魔法師，這種理論也不適用於嫉妒。

涅卡察覺到貝格露出的個人情感，卻沒刻意斥責，而是繼續說明任務。

「妨礙日本戰略級魔法師司波達也的能源設施興建計畫。妨礙手段也包括暗殺司波達也。」

艾克圖魯斯睜大雙眼表露驚訝之意。

「這是命令下官與貝格上尉暗殺司波達也嗎？」

「妨礙計畫為首要目的。如果做得到就不必暗殺。」

「也就是說如果難以妨礙，即使暗殺也可以吧？」

貝格立刻插嘴——笑著插嘴。

「原本從暫稱為『Great Bomb』的時期開始，我們的方針就是要取得那個質能轉換魔法，如果做不到就只能『連根拔除』那個魔法。這部分沒有變更。透過狄俄涅計畫除去該魔法，只不過是現在優先採用的首要方案，進行得不順利就回到原本的計畫，如此而已。」

「遵命。」

艾克圖魯斯依然興趣缺缺的樣子，卻還是接受任務答應進行。

相對的，貝格充滿幹勁。

她透過女性官兵之間的情報網，早就知道莉娜對達也抱持好意。雖然只是「潛在性」，但達也是「最大的威脅」，也可能成為「最強的敵人」，身為USNA軍人不應該青睞那個男人。

自己就以前輩的身分，將司波達也的人頭送到希利鄔斯面前，讓她清醒吧。

貝格基於這個理由摩拳擦掌。

◇◇◇

亞弗列德．佛瑪浩特中尉的暴行在STARS各隊員內心留下陰影，身為一等星級隊員的他遭到處分，在STARS內部留下芥蒂。尤其是和佛瑪浩特同屬第三隊，和他交情特別親密的雅各．雷谷魯斯中尉，至今仍在調查事件的真相。

佛瑪浩特中尉的暴行是寄生物附身的結果，如今這姑且成為極機密的官方見解。畢竟在魔法實用化之後，人們對於超自然存在的心理抵抗減弱，解剖佛瑪浩特的結果，也在腦部發現人類沒有的器官。任何自稱現實主義者的人，都難以否定寄生物的存在。

遭到寄生物附身，就這麼持有發火念力的特殊技能變得兇暴。數名市民遇害的案件就此得到解釋，然而光是這樣無法讓雷谷魯斯接受。

佛瑪浩特究竟是基於何種原委被寄生物附身？

事件發生前，佛瑪浩特獨自外出執行任務。分頭行動之前，亞弗列德看不出他哪裡有問題，所以肯定是單獨出任務的時候被附身。

問題在於這是在何時、何處，又是何人造成的。

既然說是偶然，就非得解析寄生物出現的條件，防止事件重演。

許多科學家在這方面投注精力研究。

沒能做實驗確認所以僅止於假設，但是「原因在於微型黑洞實驗」這個結論已經逐漸確立，現在則是在討論這方面的機制。

所以雷谷魯斯調查的是「寄生物並非偶然出現」的狀況。

是誰叫來寄生物，讓寄生物附身在佛瑪浩特？

如果這是蓄意造成的事件，那就是凶惡的恐怖攻擊，很可能帶來撼動合眾國的大規模損害。因為單人就能發揮中隊或大隊等級戰力的魔法師，被打造成恐怖攻擊的道具。

好友被恐怖分子或破壞幹員利用，結果被自家人處分。雷谷魯斯無法忽視這種可能性。處分之後的搜查不是STARS的工作，但雷谷魯斯利用空閒或休假一直獨力追查這個事件。

即使如此，事件結束經過一年半，雷谷魯斯逐漸傾向於做出「主謀不存在」的結論。

那是偶發的事件。

他想這樣讓自己接受的這時候，收到了這個情報。

「這是什麼……」

雷谷魯斯忍不住這樣呢喃也在所難免。

寄件人不詳的這封電子郵件，鑽過參謀總部也在使用的USNA最高層級資安系統，以沒被檢閱的狀態寄到他的終端裝置。

原本雷谷魯斯應該將這封郵件隔離在系統裡，交給資訊安全的負責人。

但他沒這麼做，而是開啟郵件。

一定要看，不能給別人看。雷谷魯斯的直覺如此低語。

郵件沒有特別編碼。大概是設計成以編碼以外的方式無法偷看。

上頭寫著驚人的事情。

「微型黑洞實驗是日本祕密幹員做的好事……？」

這封郵件是這麼說的。

●微型黑洞實驗是日本民間魔法師組織指使進行的。

●該組織早就知道這個實驗會召喚出靈屬性的「某種東西」。

●在日本無法進行的實驗，該組織尋找其他國家代為進行。

●當時拚命尋找質能轉換魔法提示的USNA軍科學家，被該組織乘機利用。

●該組織想要更進一步的實驗資料。再做一次微型黑洞實驗，該組織的特務應該會來觀測。
●佛瑪浩特是冷不防被寄生物附身。高階魔法師只要堅定意識，在內心固守自我目的，就不會被寄生物附身。

雷谷魯斯沒將郵件內容照單全收。老實說他覺得「很可疑」。尤其是裡面提到光是意識把持得住就能免於被寄生物附身，他覺得太稱心如意了。

不過，裡面說到微型黑洞實驗是不知不覺被祕密幹員引導進行的，這段指摘撼動他的心。進行那個實驗的原委不自然。不只是科學家，政治家也不少人呼籲謹慎行事，成果也從一開始就被打上大問號。認為能以霍金輻射說明質能轉換魔法真面目的科學家是少數派。

將自己無法理解的事件解釋成陰謀論結案的風險多高，雷谷魯斯自認很清楚。不過想到微型黑洞實驗有外部勢力的意志介入，就覺得可以合理說明那個實驗為何在那時候進行。

這個外部勢力是不是日本民間魔法師組織「十師族」，雷谷魯斯內心無法斷定。他警惕自己不能被寄件人不明的怪信影響到這種程度。但是在搜查陷入瓶頸的現在，他開始認為只要有查明真相的可能性就不妨一試。

實際上，只要再做一次實驗，就可以確認寄生物出現的源頭是否真的是微型黑洞，也可以知道這封怪信的真假。如果郵件寫的內容屬實，也可以獲得線索，抓到真凶集團的狐狸尾巴。

這麼做有風險，可能會出現其他被寄生物附身的犧牲者。但是憑我們恆星級的隊員，可以逮捕或除掉寄生物。

沒有理由不嘗試。

雷谷魯斯做出這個結論。這時候的他，沒想到自己被寄生物附身的可能性。

◇　◇　◇

雷谷魯斯向直屬隊長艾克圖魯斯上尉提議進行微型黑洞實驗的時候，艾克圖魯斯才剛找渥卡上校報到回來。

雷谷魯斯坦承收到怪信，進而熱切說明實驗的必要性。

如果是在其他日子，艾克圖魯斯只會勸誡雷谷魯斯不要輕舉妄動就了事吧。

但是渥卡交付的任務，使得艾克圖魯斯精神失調。

或許抓得到日本祕密幹員的狐狸尾巴。這個可能性吸引他的注意力。

如果這時候能獲得和日本談判的強力籌碼，或許不必使用暗殺這種應當唾棄的手段，也可以除掉戰略級魔法「質量爆散」。這個如意算盤占據艾克圖魯斯的腦海。

艾克圖魯斯帶著雷谷魯斯，掉頭回到基地司令室。

而且不知為何，渥卡上校也被雷谷魯斯說服。

或許上校內心其實也想棄置參謀總部交付的任務。

當場和參謀總部交涉，結論是以再度進行微型黑洞實驗的方向進行，擇日重新通知。

星期三放學後，十三束鋼造訪學生會室。社團聯盟總長五十嵐鷹輔到學生會室不稀奇，但十三束來訪就沒什麼前例。

「達也大人下次上學的預定嗎？抱歉，我沒問。」

十三束詢問達也下次何時上學，深雪以像是無可奈何的表情回答。她的回答不是假的，表情也不是裝的。

達也之所以沒上學，是要暫時觀察記者會讓世間的風向如何改變。是否再度開始上學端看世間風向——看狀況而定，達也自己也無法預定「何時開始」。

而且對於達也無法自由上學的現狀，深雪的不滿與日俱增。

「那麼……方便告知司波同學現在在哪裡嗎？」

十三束沒隱瞞失望，問深雪下一個問題。

「有什麼事要找達也大人嗎？」

深雪以疑惑語氣反問。即使不是她，也會感覺十三束怪怪的吧。

他的態度並不從容。

帶動話題的方式像是只求自己方便而強迫他人，這不像十三束的作風。

「啊，不好意思。」

只是，他不會沒察覺這種做法造成深雪不快。

「那個……我有話想對司波同學說。」

「有話要說？方便的話請告訴我。」

十三束視線游移不定，就這樣躊躇了一段時間，但他沒有猶豫太久就和深雪正面相視。

「我媽病倒了。」

「令堂嗎？」

深雪睜大雙眼，單手掩嘴。

這個反應令十三束慌張。

「啊，沒有啦，雖說病倒但沒有生命危險。是急性胃潰瘍……靜養一個月左右就能出院。」

「這樣啊……請保重。」

「謝謝。」

向深雪這句慰問道謝之後，十三束似乎還想說些什麼。

十三束還在思考該怎麼說，泉美就先對他開口。

「記得十三束學長的母親擔任魔法協會會長吧？」

「沒錯，七草學妹。」

「令堂的病是心理因素嗎？」

這次是十三束睜大雙眼。

「……醫生說，是壓力造成的。」

「所以十三束學長的意思是說，母親生病是司波學長害的吧？」

「我沒要說得這麼過分！」

回嘴的十三束漲紅臉。

這就證明泉美的指摘不是完全落空吧。

自覺情緒驚動的十三束，做個深呼吸當緩衝。

「……我媽最近好像受到政府嚴厲責備。」

「因為達也大人的事？」

深雪冷靜詢問十三束。

「是的……政府要求她說服司波同學撤回能源設施計畫，參加狄俄涅計畫……」

「這是怎樣！」

穗香不客氣大喊。大概是同樣感覺不講理，泉美與詩奈也朝十三束投以冰冷視線。

「這種事可以在這裡說嗎？應該有要求你保密吧？」

「……確實說過不能透露，可是家人都進醫院了，對相關人士講明苦衷應該沒關係吧？」

十三束以不屑的語氣，顯露他對「政府相關人士」的憤怒。

「我不打算將我媽住院怪到司波同學頭上。我好歹知道將責任推給他很奇怪。」

「十三束學長，既然不是要發牢騷，那您要對司波學長說什麼？」

泉美再度代為提出深雪的疑問。

「和政府的想法無關，我認為司波同學應該參加狄俄涅計畫。畢竟這個計畫對人類來說肯定有意義，USNA也會儘可能禮遇司波同學吧？他或許也有各種想做的事，但我認為無論是為了日本還是日本魔法師，他都應該接受USNA的延攬。至今我不是當事人所以沒多說什麼，但是既然家人涉入到這種程度，我也是相關人士。」

學生會幹部沒人贊同十三束的論點。卻也沒人打斷他的「演說」。

「我很氣這麼做變成像是遵從政府不講理的要求，但我想說服司波同學參加狄俄涅計畫。」

確認十三束的主張告一段落之後，深雪開口了。

「如果是這種目的，我不能告訴你。」

「咦……？」

十三束大概沒想到會被拒絕吧，一臉無法理解深雪的回答般看向她。

「就說了，如果是這種目的，我不能把達也大人的住處告訴你。」

「為什麼……」

「就算問我為什麼……既然知道你要妨礙達也大人，我當然不會幫你吧？」

十三束像是「難以置信」般扭曲表情。

「可是，司波同學自己的任性造成大家困擾，這肯定不是好事！只要他忍著點，一切都可以圓滿收場！」

「居然說『任性』嗎……」

深雪絲毫不掩飾自己傻眼的態度。

「十三束同學，看來你因為母親病倒而失去自我。今天請回吧。這是為了彼此著想。」

平常的十三束反倒是沒什麼主見的程度，不會講這種獨善其身的話。

深雪知道這一點，所以希望和平解決。

達也受到侮辱卻以穩健手段了事，對她來說是破例的讓步。魔法之所以沒失控，是因為她在誓約解咒之後取回原本的魔法控制力。

不過，對於感覺自己一個人被逼入絕境，心理視野變得狹隘的對手來說，這麼做是反效果。

「……司波會長，我要求和妳決鬥。」

「你說的『決鬥』，是為了解決意見對立的比試嗎？」

「是的。如果我贏了，請告訴我司波同學在哪裡。」

深雪冷靜聆聽十三束任性的說詞。不對，是「表面上」冷靜承受。

在她的內側，並不是怒火熊熊燃燒，而是近似殺意的憤恨心情冰冷磨利。

「……好吧。我接受這場比試。」

「深雪大人，請稍待。」

有個聲音像是要蓋過深雪接受決鬥的話語般插嘴。

「水波？」

深雪以驚訝混合疑惑的聲音，詢問水波的意圖。

水波剛才不是稱呼「會長」，而是「深雪大人」。

深雪是四葉家下任當家的事廣為人知，周圍的大家也知道水波的身分應該不是深雪的表妹，而是四葉家的侍從。雖然沒人直接詢問確認，卻認定是這樣的關係。

所以水波以「深雪大人」稱呼深雪也不突兀。實際上，她在深雪不在的時候都稱呼「深雪大人」。只是深雪在校內不喜歡這樣，所以水波在態度上盡量避免兩人的主從關係被察覺。

因此她在這裡刻意稱呼「深雪大人」，展現超越學妹界線的服從模樣，肯定有她的理由。

「達也大人命令我保護深雪大人。賭上達也大人的信賴，我必須阻止深雪大人進行沒必要的戰鬥。」

深雪完全無法對水波回嘴。水波拿出達也的意向，深雪就無從反駁。

「不過這麼一來，十三束學長應該無法接受吧。所以由我代替深雪大人對付十三束學長。」

「……知道了。十三束同學，這樣可以吧？如果水波輸了，我就依照你的要求，說出達也大人現居別墅的位置。」

「……只要能知道司波同學在哪裡，我不在乎。」

意外的進展令十三束困惑。形容為「跟不上」或許比較正確。

但他決定不在意。現在的他沒餘力掛念目的以外的事情。

學生之間的紛爭，由當事人硬碰硬做個了斷。這是納入第一高中規則的問題解決方法之一。

模擬戰的手續當然也有規定，必須獲得學生會長與風紀委員長的許可。這個措施是防止在實力差距太大之類的狀況下，模擬戰被利用為單方面施暴的工具。

「……我原本以為今年不會發生和學生會相關的決鬥。」

泉美前來申請模擬戰核可章的時候，風紀委員長幹比古對她發牢騷。學生會長這次是其中一方的當事人，所以由副會長泉美掌管這場模擬戰。

「吉田學長，不是決鬥，是比試喔。」

泉美稍微修正幹比古的話語，遞出學生會已經批准，記載比試形式的許可證。

看過內容的幹比古驚訝睜大雙眼。

「肉搏戰形式？可以嗎？這是十三束與櫻井的男女比試吧？」

一般來說，只有男學生之間的比試會採用肉搏戰形式。尤其在男女模擬戰的場合，會發生性騷擾行為的問題。

「規則是使用模擬刀點到為止。櫻井學妹好像有自信。」

對於幹比古來說，泉美的說明絲毫沒有放心的要素。雖說以模擬刀點到為止就算分出勝負，但還是准許使用拳腳攻擊。

「……我來當裁判吧。」

想到女學生可能在自己沒看見的地方被男學生打傷，幹比古實在無法蓋章認可。他抱著這個想法自願擔任裁判。

換上社團制服在第三演習室等待的十三束，看到跟在深雪身後進房的水波時大吃一驚。

「妳要穿這樣比試？」

十三束忍不住大喊。

「這樣應該沒犯規才對。」

水波以平淡的語氣回答。

「這……是沒錯啦……」

十三束穿的是魔法格鬥武術的比賽用制服。

上半身是附護肘的無鈕釦長袖上衣，下半身是附護膝無腰帶的束口長褲。腳上是格鬥技用的軟膠鞋。

相對的，水波是短袖上衣加緊身短褲的運動服。右大腿綁一條武器皮帶，插著一把預備用的模擬刀，但除此之外就只是球賽或田徑賽的服裝。雙手雙腳都裸露在外。

「是在擔心我受傷嗎？」

代替語塞十三束說出內心話的不是別人，正是交戰對手水波。

「要是挨了十三束學長的攻擊，肯定會腫得很嚴重吧。骨折的可能性也不小。」

「既然這樣……」

十三束想叫她多做一些防禦措施。

「十三束學長，模擬戰就是這麼一回事。」

但是，水波比較早開口。

「即使是禁止肉搏戰的規則，受傷的危險性也差不多。」

今天的水波難得多話。

「十三束學長不惜讓女生受傷，也要發起今天這場比試。」

水波刻意停頓片刻。

「只為了您自己的方便。」

然後，她說出批判十三束的這句話。

十三束無法反駁水波的責難。

「……十三束同學，要中止比試嗎？」

幹比古詢問站著不動的十三束。

「對你來說，這場比試無論輸贏，留下的結果都只會讓你在事後覺得不是滋味。現在停止就可以免於後悔。」

幹比古自以為給了十三束台階下。

「——吉田同學，比試開始的號令拜託了。」

然而幹比古的關懷讓十三束變得頑固。對於現在的十三束來說，他一定得問出達也的下落。

幹比古說的「後悔」，讓十三束認為「即使後悔害女生受傷，也不想後悔在這時候退縮」。

「……知道了。雙方都清楚規則吧？點到為止的規則。請遵從裁判的判定。」

十三束與水波同時點頭。

對幹比古來說相當遺憾，十三束與水波都沒有退讓的意思。

「那麼——開始！」

幹比古發出信號的同時，十三束與水波發動魔法。

拉近間距以振動魔法剝奪平衡感，不傷害對方就獲勝——十三束構思的戰鬥藍圖，被矗立在面前的反物資護壁擋下。

雖然在去年的恆星爐實驗與九校戰都看過水波的實力，但她發動魔法的速度連十三束都忍不住驚訝。發出比試開始的信號下一瞬間，阻止十三束接近的護壁就完成了。

十三束驚訝卻不慌張，衝向這面透明的牆壁。

無法將想子發射到遠離身體的場所。他的這個缺點沒有改變。某些魔法已經可以攻擊遠處的敵人，但這只是手邊發動的魔法影響到鄰接的空間內，並不是進步到能夠朝遠處空間施放魔法。

但是同樣的，身披高密度想子，讓魔法碰觸到身體就失效的特性也沒變。不，這種堪稱「接觸型術式解體」的魔法無效化技能，因為他控制想子的能力進步而強化。

十三束以肩膀撞向水波的魔法盾。

感受到抵抗的時間不到一秒。

十三束實際感受到肉眼看不見的牆粉碎。

他就這麼準備朝水波使出掌打。

但是水波在十三束分心注意魔法護壁的極短時間，趁機繞到他的側面。

魔法護壁的設置場所，以相對座標或絕對座標都可以指定。如果以真正意義的絕對座標設置護壁，將會被地球的自轉與公轉高速甩離，所以雖說是絕對座標，但絕大多數的狀況都是以地球上的座標為基準指定相對位置，不過依照人類意識形容為絕對座標也沒什麼大礙——此外，指定真正的絕對座標，讓追過來的對手撞上護壁造成傷害的技術，是一種極度高超的知名攻擊魔法。

現在，水波是以一般意義的「絕對座標」展開護壁。

對此，十三束依照「敵人在護壁後方」的先入為主觀念採取行動。

因此他在打破護壁的下一瞬間找不到水波。

水波從十三束的側邊，射出堪稱攻擊魔法基礎技術的壓縮空氣彈。

調整體「櫻」系列獲得魔法護壁的高度天賦，第二世代的水波也特別擅長護壁魔法。

但水波不像達也或十三束拙於使用擅長魔法以外的術式。

而且「維持加壓固定狀態」的壓縮空氣彈，在概念上和護壁魔法有相通之處，是水波易於使用的魔法。

這和「能發揮強大威力」的魔法同義。

或許正因為具備高度威脅性，所以第六感產生作用吧。

十三束在強烈危機意識的驅使之下，架設甲冑型的魔法護壁。

十三束只能在身體接觸到的物體或領域發動魔法。但是在接觸狀態的「零距離（Range Zero）」能發揮無與倫比的實力。十三束鋼就是這樣的魔法師。

不同於硬化魔法，疊在身上衣物發動的反物資魔法護壁，接住水波的壓縮空氣彈。十三束創造的甲冑，將空氣塊撞擊的力道與解壓縮產生的爆風完全擋下。

十三束接著發動移動魔法。

移動自己的魔法，是他的拿手絕活「自控傀儡」的基礎。這招已經練得爐火純青，水波準備下一個攻擊魔法時，十三束以勝過飛翔的速度到達她的跟前。

腳底一抓到地面的觸感，十三束就將右手往後收到右腋前方，踏出右腳使出原地掌打。

然而映入眼簾的意外光景，使得十三束的四肢停止動作。

被乘虛而入的水波表情一陣慌張。在她眼中，十三束就像是無視於空間阻隔突然出現吧。

多虧在四葉本家的戰鬥訓練培養出來的反射神經，水波得以逃離十三束的攻擊。

十三束做出原地掌打預備動作的同時，水波將自己被瞄準的胸口大幅往後仰，使力蹬地。

在敵人面前使出後空翻。這個像是電影的武打動作，使得十三束的攻擊不了了之。

不，十三束的動作之所以出現延遲，與其說是被後空翻的動作嚇到，不如說是水波衣襬掀起露出的膚色奪走十三束的目光。

至少水波在拉開彼此距離的時候，從十三束看向她的視線感覺到這一點。

水波不是感到厭惡，而是感覺得救。

誤判十三束的攻擊間距，是可能讓模擬戰就此結束的疏失。

對方光是看個肚臍就肯放她一馬的話，真的該謝天謝地。

（如果對手是達也大人，剛才就結束了。）

即使以後空翻躲過掌打，以剛著地的姿勢肯定躲不過下一招。

如果是達也的攻擊就無望扳回局勢。

而且如果是達也，不會只因為看見女性肌膚就中斷攻擊——

水波繼續往側邊跳，重新設置魔法護壁。

從僵直狀態回復的十三束，以犀利的步法接近水波。

破壞護壁。

到這裡都是前次的重演。

但水波這次不是繞到側邊，而是後退。

護壁被破壞的瞬間，建構下一面護壁。

如果是達也的魔法式分解魔法「術式解散」，瞬間就可以破壞魔法。外露到情報體次元的魔法式，無法抵抗將想子情報體分解的「術式解散」。

然而「術式解體」這種技術，是以想子壓力吹走情報體貼附的魔法式。依照魔法式附著在情報體的強度，「術式解體」會在生效之前出現短暫的延遲。

領域魔法是將魔法式固定在一無所有的空間，所以一般來說面對「術式解體」很脆弱。但是水波的護壁魔法絕對不算「一般」。「櫻」系列的反物資護壁能承受巨大動能，「持續存在於該處」的性質極強。水波也繼承這種魔法特性。

換句話說，水波的魔法護壁能在短時間內擋下「術式解體」。即使最後會被突破，也可以爭取時間準備下一個魔法。

水波的反物資護壁阻擋十三束的前進。

反物資護壁立刻被破壞，但花費的時間接近一秒。

這段時間，水波已經在稍微往後偏的位置，完成下一面護壁。

這可以說是「連壁方陣」的仿造版。

護壁剛完成就被打破，水波並不是沒感受到壓力。

發動魔法造成的疲勞也確實累積。

但她維持不會同時接觸到十三束身上想子鎧甲的最短距離，一邊確實建構魔法護壁，一邊慢慢後退。

十三束可以短時間破壞護壁，所以沒有往旁邊繞，而是一味前進。以幾乎等同於停下腳步的狀態，一點一點地前進。

這不是十三束原本的戰鬥風格。運用步法以快速出招進攻才是他的本領。即使曾經進行過靜止在原地的對打，但這種像是相撲角力或橄欖球亂集團、正集團搶球般踩穩腳步互推的戰法，至今都和十三束無緣。

水波沿著演習室的對角線後退。

水波從自己和左右牆壁的距離，理解到自己正在接近房間角落。面對面的十三束視線在瞬間投向水波身後。水波沒看漏這個動作。

——逼近牆角了。

水波輕而易舉得知十三束如此思考的心理。

再兩步就會背靠牆角，再也無法後退。

護壁被破壞的同時，水波不是後退一個腳掌的距離，而是後退一大步。

沒建構下一面護壁。

為了破壞下一面護壁而往前傾的十三束姿勢順勢往下。

不以身體碰觸就無法讓魔法失效，這是接觸型術式解體的缺點。破壞護壁變成例行工作的十三束，一時大意造成這個嚴重疏失。

水波立刻發動預先備好的魔法。

「下降旋風」。

這個魔法只是以自己為中心製造下降氣流，殺傷力幾乎是零。

不過接近水波到只距離一步的十三束被這股氣流捲入，身體更加失去平衡。

水波繞到十三束背後，扔下模擬刀架住他。

十三束之所以臉紅，絕對不只是因為慌張。隔著一件薄薄的運動服上衣，顯然藏不住符合年齡的「柔軟觸感」。

但是十三束很幸運，水波沒察覺他臉紅。

水波從內側掃腿，將十三束的身體往前壓倒。

十三束扭動身體想將水波摔出去，但水波巧妙移動重心，像是爬到十三束身上般，將他壓在下面倒地。

水波跨坐在十三束背上，從大腿皮帶抽出備用的模擬刀，抵在十三束的喉頭。

「勝負已定！櫻井勝利！」

幹比古宣布模擬戰結束。

如果是真刀，十三束已經被水波割斷喉嚨。

任何人都明顯看得出勝負。

◇ ◇ ◇

模擬戰的善後工作結束時，學校關門時間將近。深雪他們至此將學生會活動告一段落，和艾莉卡與雷歐會合，聚集在老地方咖啡廳。

「哇。原來櫻井同學這麼強啊。」

「不。今天只是運氣好……」

水波害羞否定香澄這句話。

大家的注意力都集中在剛結束的模擬戰。

「運氣應該也是原因之一，但是沒實力就打不贏十三束同學喔。」

艾莉卡一臉絲毫不感意外的表情插嘴。

「艾莉卡，妳早就知道櫻井的實力嗎？」

這麼問的雷歐和水波同樣是山岳社的社員，很清楚水波的身體能力多好。只是正如「人不可貌相」這句慣用語所說，水波外表給人的印象是「溫和的女生」，肌肉也長得不明顯，所以看不出來運動細胞很好。真要說的話，是不擅長運動的文學少女容貌。

所以，艾莉卡像是早就知道水波多強的態度，就雷歐看來有點詫異。

「鍛鍊的方式看不太出來，不過仔細看就知道有兩把刷子。」

「是這樣嗎……」

雷歐佩服的對象不知道是艾莉卡還是水波。大概兩者皆是吧。

「不過，聽說妳的體育成績不太好？」

泉美這麼問水波沒別的意思，只是單純的疑問。

「那個，我不擅長球類……」

大概是真的不擅長，水波看起來有點害羞。各種體育項目都不太行的泉美（不是真的不行，而是自己覺得「不擅長」）沒有繼續詢問。

「不過，我覺得櫻井學妹說的沒錯，這不是只靠實力得來的結果。」

大概是認為捧過頭也不太好，幹比古改變話題方向。

「十三束同學看起來真的很難施展得開。」

「因為對手是女生？」

雫問完，幹比古「嗯」地點頭。

「規則是肉搏戰形式，所以更不用說吧。」

「不是只用魔法戰鬥就好嗎？」

不太熟悉十三束的侍郎，對幹比古這句話提出疑問。

「十三束學長基於魔法特性，沒辦法這樣打。」

不過詩奈立刻駁回他的質疑。

詩奈對侍郎說明「Range Zero」這個別名的意思時，旁邊的穗香說「那麼別打不就好了？」責備十三束。

「說不定他其實很開心？」

雫說出當成玩笑話很惡劣，當成真心話更惡劣的這句話。

「這麼說來，十三束同學當時好像看水波學妹的肚臍看到入迷……」

「穗香，詳細希望。」

水波還來不及阻止穗香，雫就火上加油。

「水波學妹當時穿運動服。」

「真大膽。」

「然後，水波學妹後空翻要躲避十三束同學的攻擊。」

「喔喔！」

「上衣衣襬順勢往上翻，肚子露出滿大一片。當然很快就遮回去，不過十三束同學愣了一陣子，目不轉睛盯著水波學妹肚臍那邊看。」

「有罪。」

雫聽完毫不猶豫斷定。

「水波學妹從背後架住他的時候，他好像也臉紅了……」

「真的嗎？」

穗香追加的證詞令水波哀號。

「嗯。胸部……應該有貼上去吧。」

「——！」

水波雙手掩面低下頭。

雷歐與幹比古也有點臉紅，尷尬別過頭。

「是喔……難道說，穿運動服就是這個目的？」

艾莉卡對害羞的學妹毫不留情。

「水波原本希望十三束同學中止模擬戰喔。」

深雪代替無法回話的水波，說出她的想法。

「十三束同學原本要求和我比試。」

「根本沒得比吧？」

艾莉卡想都不想就斬釘截鐵地說。

不只是單純實力差距的問題。

十三束在遠距離戰鬥無計可施，深雪則是從遠處使出地毯式轟炸的平面壓制魔法。如果是一般在異性模擬戰採用的禁止接觸規則，只會演變成單方面的戰鬥。

「十三束同學明顯是失去冷靜判斷力的狀態。」

「所以，為了冷卻他的腦袋，水波挺身而出是吧。」

艾莉卡一臉可以接受般點頭。

「這麼說來我還沒問，十三束同學為什麼想要打模擬戰？」

幹比古慢了好幾拍才察覺自己不知道舉行模擬戰的理由。

「十三束學長想知道司波學長在哪裡。」

泉美認為深雪應該不想說，所以代為回答。

「想知道達也在哪裡？」

頭上冒出問號的不只是幹比古。

「聽說十三束學長的母親精神過勞住院了。」

「十三束同學的母親……記得是魔法協會的會長吧？」

「是的。不愧是吉田學長，真清楚。」

即使泉美稱讚，幹比古也沒害臊。他的注意力集中在話題的後續。

「翡翠大人——這是十三束學長母親的名字。翡翠大人好像被政府強力施壓，要她說服司波學長。」

「是要說服達也參加狄俄涅計畫？」

「是的。這股壓力好像造成急性胃潰瘍……聽說要住院一個月。」

「……不過這不是達也害的吧？」

雷歐從旁插嘴。

「我也這麼認為。」

泉美立刻點頭。場中沒人對雷歐與泉美的判斷提出異議。

「十三束學長也是這麼說的。但他真正的想法……應該認為是司波學長的責任吧。他想說服司波學長參加ＵＳＮＡ的宇宙開發，所以想知道司波學長住哪裡。」

「應該是……想為母親做點事吧。」

美月以同情的語氣輕聲說。

「這麼說來，十三束同學他……比試之後好像很沮喪。」

剛才批判十三束蠻橫態度的穗香也附和這股氣氛。

「不過把事情怪到達也同學頭上，坦白說是找錯人了。」

艾莉卡斬斷這份感傷。

「達也已經明講自己今後要做什麼了吧？如果還插嘴挑剔一些有的沒的，我認為是錯的。」

雷歐從別的角度否定十三束的行動。

「不過，和十三束學長講相同事情的人，認為司波學長錯誤，自己才正確的人，我認為永遠不會少。」

香澄對達也沒有特別的想法，所以能站在悠哉第三方的立場說出推測。

包括深雪與艾莉卡，沒有任何人能否定這段「預言」。

〔8〕

星期四，達也周邊的情勢大幅變化。

在印度波斯聯邦的魔法研究中心地——前印度中南部的海德拉巴大學，該大學魔法工學領域的第一把交椅，以戰略級魔法「神焰沉爆」開發者為人所知的女科學家艾莎．錢德拉塞卡召開了記者會。

『——基於上述理由，我們不是支持ＵＳＮＡ的金星開發計畫，而是日本的恆星爐計畫。』

在記者會上，錢德拉塞卡博士表明不支持狄俄涅計畫，而是支持達也的ESCAPES計畫。

印度波斯聯邦至今沒對狄俄涅計畫明顯表態。不過，雖然不是政府正式發表，而是一名科學家召開的記者會，但這次表明不支持狄俄涅計畫，令其他國家大吃一驚接收這個消息。

而且不支持的理由，是要支持日本一名青年所發表，不是國家計畫，單純是民間事業計畫的能源設施興建方案。

達也的ESCAPES計畫甚至還沒決定正式名稱，就逐漸受到世界注目。

◇◇◇

『——那麼，土耳其政府認為USNA不應該強迫外國人參加自己國家的宇宙開發計畫。是這個意思嗎？』

艾莎．錢德拉塞卡博士的記者會轉播到全世界的第二天，USNA在野黨色彩強烈的電視台成功訪問到「十三使徒之一」——土耳其的阿里．夏亨。

這段訪問沒有實況轉播，卻在當天就在北美與西歐的網路電視播放。

『不是政府的見解，始終是我個人的意見，不過要和平利用魔法，不應該斷定只有一條路能走。』

此時夏亨針對狄俄涅計畫提出消極的反對意見。

『例如不久之前，日本發表了使用魔法核融合爐的劃時代計畫。』

『是昨天印度波斯聯邦的艾莎．錢德拉塞卡提及的計畫嗎？』

『是的。不曉得各位知不知道，使用重力控制魔法的核融合爐，號稱是加重系魔法技術上的三大難題之一。司波達也這位青年不只是找到解決的頭緒，還想活用在魔法的和平利用。』

『這是充滿野心的計畫耶。』

『是的，我也這麼認為。像這樣和平利用魔法的做法，今後應該會在世界各地誕生吧。我認為狄俄涅計畫是了不起的計畫，但是應該避免摘除其他的可能性。』

阿里．夏亨的發言沒有強加於人的感覺，所以比錢德拉塞卡的記者會更廣受歐美人民接納。

◇　◇　◇

『我知道夏亨在打什麼主意。』

新蘇聯的國家公認戰略級魔法師，「十三使徒」之一的列昂尼德．肯德拉切科少將，在視訊電話的畫面上非常不悅地扭曲嘴唇。

『那個小子不惜手段要阻止我國和美國走得更近。』

阿里．夏亨才三十歲，在超過七十歲的肯德拉切科眼中無疑是「小子」吧。

『所以夏亨對狄俄涅計畫植入負面印象，希望藉此讓計畫中止。不然我國會透過那個計畫和美國聯手。以那小子的立場，應該無論如何都想破壞吧。』

「夏亨是否可能是被日本教唆行動？」

貝佐布拉佐夫如此詢問肯德拉切科。以他自己的調查，夏亨在本次事件沒有和日本任何勢力建立共謀關係。不過肯德拉切科隔著國境地帶和夏亨對峙，貝佐布拉佐夫認為他可能知道自己不

『不可能。』

肯德拉切科的回答很明確。

『夏亨要是和土耳其國外的人接觸，我會知道。這次的事件是那小子以自己的想法做的。』

「就算這樣，時機也太剛好了吧？」

『博士您發表要協助狄俄涅計畫之後，夏亨肯定一直在尋找妨礙那項計畫的材料。因為對那傢伙來說，我國和美國聯手是最恐怖的惡夢。』

「司波達也在這時候發表核融合爐設施的計畫是吧？」

『沒錯。對於那小子來說，這是在沙漠找到的井。肯定是開心地奮勇撲上去吧。』

「只不過，無法立刻確定井水是否能喝，所以延遲好幾天才利用。」

『決定利用司波達也的計畫，頂多花費兩三天的時間吧。然後他聯絡美國電視台，假裝對方主動申請採訪。真相大概是這麼回事。』

貝佐布拉佐夫沒反駁肯德拉切科的推測。因為即使細節上有差異，他也認為幾乎就是如此。

『所以博士，您打算怎麼做？我想艾德華．克拉克已經不可靠了。』

「說得也是……」

貝佐布拉佐夫在這一點也贊成肯德拉切科的說法。他判斷艾德華．克拉克操弄國際輿論的行動失敗了。

「我今天就再度出發前往海參崴。這次帶『Igrok』一起去。」

『那麼？』

「是的。不知道何時對我國露出獠牙的那個戰略級魔法，我們不應該繼續置之不理。」

『喔喔……願您成功。』

貝佐布拉佐夫說要帶「Igrok」同行。知道箇中意義的肯德拉切科，在視訊電話畫面中的雙眼閃閃發亮。

◇◇◇

星期六，中午過後開始烏雲密布。

不過深雪的心晴朗無雲。放學回家之後立刻出門的她，目的地是達也所在的伊豆別墅。因為達也准許她去別墅過夜。

相較於喜孜孜的主人，水波一直很緊張。自己非得代替現狀缺乏戒心的主人注意周圍，這份使命感是理所當然的。然而不只如此，水波自從出門就一直被不祥的預感纏身。

想太多了。水波對自己這麼說。適度的緊張對護衛任務有正面助益，然而過度緊張就是反效果。而且現在要前往的場所有達也。只要他在身旁，深雪就肯定安全。自己不必這麼拚命……再怎麼像這樣勸誡自己，水波也無法拭去不安。甚至不知道這份不安是什麼。

抵達伊豆時還是日落前的黃昏，周圍卻下雨與起霧而完全變暗。

狀況淒慘到肉眼可視範圍不到十公尺，不過自動駕駛用雷達與精密定位情報系統不把這種惡劣條件當作一回事。而且就算沒有機械輔助，坐在駕駛座的花菱兵庫或許也不以為意。

載著深雪等人的車，幾乎按照預定時間抵達達也所在的別墅。

「花菱先生，辛苦了。」

撐傘出來迎接的達也，慰勞刻意從駕駛座下車的兵庫。

「不敢當。」

兵庫回答時的表情帶點苦笑的感覺，大概是覺得自己的工作被搶了。

搶走兵庫工作的犯人不顧自己淋溼，打開後車門撐傘以免深雪淋溼。坐在副駕駛座的水波，以相對位置來說不必繞過車子，所以搶先兵庫一步。

「深雪，歡迎妳來。水波也辛苦了。」

「哥哥，打擾了。」

深雪文雅問候。她大概是在意兵庫的目光所以自己撐傘。

水波默默朝達也行禮，前去協助兵庫從車上搬出行李。

只不過，附頂蓬的自走台車立刻從屋內出現，搶走兩人的工作。

「深雪、水波，妳們先進屋吧。」

為了避免兩人繼續淋溼，達也如此指示兩人，然後向兵庫開口。

「花菱先生，有收到什麼消息嗎？」

「不。今天沒有任何吩咐。只負責帶深雪大人過來。」

「也就是各處都沒有什麼特別的動作是吧。」

「國內沒有。」

兵庫暗藏玄機的說法，使得達也微微蹙眉。

「意思是國外有動作？」

「錢德拉塞卡博士的記者會與夏亨的訪問，屬下認為達也大人也有所耳聞。」

「嗯，我知道。」

在雨中站著聊這個話題有點久，但是達也與兵庫都不在意。

「只不過，ＵＳＮＡ與新蘇聯都還沒對這兩件事發表回應。」

「反而不自然是吧？」

「如您所說。」

「知道了……話是這麼說，但這邊也只能被動提高警覺了。」

「屬下會繼續努力收集情報。」

花菱兵庫曾經在英國的民間軍事企業習武，所以他在海外有獨自的情報管道。和獨立魔裝大隊疏遠的現在，若要調查國外的動靜，在達也認識的人之中，花菱應該是最可靠的一人。

「拜託你了。」

「遵命。今天容屬下就此告辭。」

兵庫恭敬行禮，以魔法將淋溼的管家服弄乾，然後坐進駕駛座。

◇　◇　◇

達也回到別墅內的時候，客廳桌上擺著幾杯熱咖啡。

雖然水波感到不滿，但準備咖啡的是琵庫希。

應該不算是彌補，但深雪與水波喝完一杯咖啡暖和身子，就進入房間換衣服。「一起進房」是水波表態強調深雪由她服侍。

回到客廳的深雪，身穿寬鬆T字輪廓的執事袍風格連身裙。和深雪容貌營造的神祕氣質搭配之下，感覺像是高階的女祭司。

水波穿的是方便行動的背心裙。雖然不是平常的連身裙加圍裙，看起來卻也像是長圍裙，大概是她的形象使然吧。

「深雪與水波都坐吧。我想知道我不在的時候發生什麼事。」

達也這麼說，事先阻止水波與琵庫希上演廚房爭奪戰。不是惡整，是希望也讓水波稍微休息一下。因為她不是不知疲勞為何物的機器人。

「這個嘛……星期三發生一件事。」

沒將不滿寫在臉上（換句話說就是暗自感到不滿）的水波坐下，一旁坐在達也正前方的深雪一邊在內心苦笑，一邊開始述說。

「十三束同學來到學生會室，要我告知哥哥下次預定何時上學。」

深雪依照先前的宣言，稱呼達也為「哥哥」。話語已經沒有猶豫或困惑。

「這就無從回答了。」

達也不在意深雪叫他「哥哥」，對於十三束這個突然的要求，看起來也沒抱持疑問。

「我也是這麼回答的。接下來他說想來見您，要我說出這個別墅的位置。」

「有什麼急事嗎？」

但十三束不是在學校等，而是想要專程來見面。達也聽到這裡也終究表現關切之意。

「是的。十三束同學好像想說服您。」

「說服？為什麼？」

達也不是問「說服什麼事」，而是問「為什麼」。聽到要說服自己，達也立刻想到應該是關於狄俄涅計畫的事。只是十三束為什麼想這樣多管閒事？正因為以同學身分有某種程度的交情，所以達也無法理解原因。

聽到達也這麼問，深雪從頭詳細說明事情原委。水波也不時加入的事情說明花了不少時間。

「──原來是這樣啊。可憐他了。」

聽完來龍去脈，達也對十三束的感想只有平淡的這句話。

「也辛苦水波了。」

達也反倒是在意水波。

「不，屬下不敢當。」

水波立刻如此回應，卻藏不住感到意外而困惑的樣子。她沒想到「那種小事」就能獲得達也的關心。

「要是正面交戰，十三束是強敵。雖說那傢伙的純情幫了大忙，但妳沒受傷是僥倖。不要太亂來啊。」

「純情幫大忙」的那件事令水波微微板起臉。重新點出自己暴露在異性的邪念之下，對於少女來說不是愉快的事。

不過最後被意外真摯的聲音慰勞，水波心慌了。

「好的……謝謝您。」

深雪以「有點」恐怖的笑容看著這樣的兩人。

◇　◇　◇

貝佐布拉佐夫剛抵達海參崴，情報部成員就報告司波達也的動向。

「和未婚妻暫住伊豆的別墅嗎……」

地點遠離人煙正合己意。若要奢求最好是只有他一人，不過講這個也沒用吧。聽說他的表妹未婚妻也是強力的魔法師，但貝佐布拉佐夫對自己的魔法抱持自信。何況這次他還帶了增幅魔法力的外接終端裝置「Igrok」過來。

貝佐布拉佐夫是以人工授精誕生的人類，以之前的說法就是「試管嬰兒」。

沒進行基因改造，製作無數受精卵之後，從中挑選出來最成功的案例。這就是新蘇聯的國家公認戰略級魔法師伊果．安德烈維齊．貝佐布拉佐夫。

那時候當然也嘗試以生化技術複製他的原始受精卵，製作堪稱他「妹妹」的複製人。這些女孩被期待和貝佐布拉佐夫一樣成為戰略級魔法師，事實上，七名複製人學會了戰略級魔法「水霧炸彈」。

然而她們這些命名為「安德烈耶夫納」的複製人，身體並不健康。所有人都背負著只能活在無菌室的體質。

而且說來遺憾，魔法力遠不如貝佐布拉佐夫。雖然姑且能發動「水霧炸彈」，射程距離與發動速度卻不足以運用在實戰。

但是，即使單獨派不上用場，當成輔助貝佐布拉佐夫的「外部終端裝置」卻很有用。

源自貝佐布拉佐夫原版受精卵的複製人只有性別不同。要將魔法演算領域同步並非難事。

為了避免「主體」的貝佐布拉佐夫精神遭受侵蝕，安德烈耶夫納們被剝奪自我，成為只用來發動魔法的生體機械「演奏者（Igrok）」。由「指揮者」貝佐布拉佐夫隨心所欲操縱演奏魔法的播放器。

這就是賦予七名「安德烈耶夫納」複製人的職責，是她們被迫踏上的人生。

七名每次使用她們，被使用的「Igrok」精神就會逐漸損毀。

貝佐布拉佐夫對此毫不躊躇。

或許，這原本是他自己的命運。

但他身為生存競爭的勝利者，理所當然般啃食失敗者。

即使現在成為新蘇聯屈指可數的科學家而聞名，人造的貝佐布拉佐夫也無法選擇其他的生活方式。

這個事實至今在本質上依然沒變。

貝佐布拉佐夫無法選擇不使用「Igrok」。

以新西伯利亞鐵路的軍用列車拖來的大型ＣＡＤ，他指示職員進行最終調校。

◇◇◇

大幅影響世界軍事平衡的國家公認戰略級魔法師——「十三使徒」的動向，是各國軍事相關人士的注目焦點。至今極難掌握動向的新蘇聯戰略級魔法師貝佐布拉佐夫，大概是表明協助狄俄涅計畫之後經常站上舞台，所以在十三使徒之中特別受到矚目——此外因為劉雲德宣告戰死以及劉麗蕾公開亮相，所以後者取代前者成為十三使徒的成員。

對於日本來說，貝佐布拉佐夫尤其是相鄰非同盟大國的戰略級魔法師。是直接的威脅。而且四月在佐渡島近海與宗谷海峽遭受的攻擊，推定就是貝佐布拉佐夫的戰略級魔法「水霧炸彈」。監視並推測貝佐布拉佐夫的行動，成為日本國防最重要的課題。

六月八日星期六夜晚，領導陸軍一〇一旅的佐伯廣海少將，不是從陸軍內部的官方管道，而是從自己在參謀部建立的私人管道得到一則重大消息。

貝佐布拉佐夫搭乘專用列車移動到遠東地區。

「雖說是遠東地區，但沿海省分那麼大……大概是海參崴吧。話說他搭乘專用列車嗎……」

依照情報，發動「水霧炸彈」要使用占據一整個車廂的大型CAD。雖然是未經確認也有許多不同意見的情報，不過依照這個說法，貝佐布拉佐夫是以連結CAD車廂的專用列車在新蘇聯國內移動，接近目標控制「水霧炸彈」的發動。

如果這個情報屬實，「水霧炸彈」的射程距離就比不上射程覆蓋全世界的「質量爆散」。

魔法原本和物理距離無關。

不過，為了飛越實際存在於該處的「距離」，需要對魔法抱持深入的理解與強烈的確信。也可以換個方式來說，需要否定「錯誤常識」的堅定意志力。

如果貝佐布拉佐夫的這種意志力不如達也，那麼「水霧炸彈」必須接近目標才能使用也不奇怪。

同時，既然貝佐布拉佐夫以專用列車移動到遠東地區，也等於他要以「水霧炸彈」攻擊接近日本的某處。

或許攻擊目標就是日本。

這次也無法否定魔法直接瞄準本州、四國、九州或北海道陸地的可能性。

「……在現在的情勢下，最可能成為目標的是『他』嗎？」

佐伯思考是否該警告。

但她苦惱將近一分鐘之後，決定不去處理。

不，是決定進行「觀測」。

佐伯拿起基地內線電話機，撥打簡碼。

「——風間中校，是我。抱歉雖然是這個時間，不過請盡快到司令官室。」

宗谷海峽方面的緊張局勢解除的現在屬於非備戰態勢。雖然完全不是勤務時間，但風間應該立刻就會來。

——如果是風間，肯定不被「他」察覺就觀察得到發生什麼事。

——順利的話，可以同時找到「他」與貝佐布拉佐夫雙方的攻略重點。

佐伯打著這樣的算盤。

◇　◇　◇

迎接深雪來到別墅的達也停止研究，專心陪她。

不是基於義務感，達也自己也想聽深雪說話，和深雪共度相同的時光。

說不定，這是親生母親深夜改造精神時植入的慾望。既然能將情緒限制為只有一種，留下的只不過，達也認為這樣也無妨。

假設他的內心沒受過任何操作，他或許會以自己的自由意志，嫉妒這個完美無缺的妹妹，疏遠深雪。

甚至可能憎恨。

才華不佳的哥哥嫉妒、憎恨妹妹的才華，是極為常見的事。

與其對深雪投以這種情感，維持現在這樣比較好。

達也是這麼認為的。

——不過，這也有極限。

吃完晚餐洗完澡（今天是分開洗）在客廳放鬆時，深雪說出的這個要求，達也終究無法點頭答應。

「深雪……再怎麼說，在同一張床就寢實在有點……」

雖說是「就寢」，卻不是煽情的那種就寢。

或許這方面已經有所覺悟了。

深雪「央求」的是在同一張床上「睡覺」。

類似幼兒央求父母一起睡。

「不行嗎……？」

達也感到一陣暈眩。

這時候無法堅定說出「不行」的自己好丟臉。

「……我派水波在上次的和室鋪床。最多只能睡同一個房間，這是我最大的讓步。」

「這樣就可以了。哥哥，謝謝您！」

深雪開心地合掌表達喜悅。

不得已了……達也在內心嘆息。

◇◇◇

維拉妮卡・安德烈耶夫納、安娜・安德烈耶夫納。貝佐布拉佐夫將這兩名「Igrok」連同無菌艙關進大型CAD「亞瓦」，自己則是坐上操作席。

「亞瓦」只是通稱，意思是原文對應的「風琴」。貝佐布拉佐夫小組取「管風琴」的意義使用。昔日政府高官看見占據整輛車廂的這座CAD，龐大的體積令他驚呼「簡直像是管風琴」，後來就這麼採用這個名稱。

不過相似的只有尺寸，還有機體兩側與後方並排管線的形狀。演奏者不是面向控制台，而是組裝到內部，指揮者也是就這麼坐在豪華椅子被關進機體。

「Igrok」總共七人，但是未曾同時使用她們所有人。

因為沒這個必要。

如果只是發動「水霧炸彈」，貝佐布拉佐夫一個人就足夠。「水霧炸彈」始終是輔助暨安全裝置。這次的作戰規模只要兩人就夠，如此而已。

貝佐布拉佐夫檢視從新蘇聯軍情報網提供的目標對象周邊情報。

當地天候是小雨，無風。近乎是使用「水霧炸彈」的最佳狀態。

現在時間是早上六點。日本當地時間是早上五點，目標對象肯定還在睡。為了讓安眠變成永眠，貝佐布拉佐夫準備發動魔法。

◇　◇　◇

上個月用來進行「誓約」解咒儀式的和室，並排鋪著兩床被褥。

兩條墊褥相互緊貼，毫無縫隙。

蓋著夏季薄被睡覺的是達也與深雪兩兄妹。已經訂婚的一對年輕男女。

不過兩人的寢具看不出凌亂之處。不只是墊褥，被子當然也是一人一條。

兩人就寢用的被褥與睡衣，都只有熟睡翻身的痕跡。

深雪側躺，身體朝向達也，掛著幸福的表情熟睡。

達也仰躺。靜靜入眠。

拂曉前。

即使是早起的達也，距離鬧鐘設定的時間也還有三十分鐘以上。

達也與深雪都還沒有清醒的徵兆。

◇◇◇

ＣＡＤ「亞亙」附設的大型電腦，從觀測機器取得目標對象的位置情報之後，轉換成ＣＡＤ可以利用的形式。同一時間，建構魔法式所需的啟動式原始資料，也由貝佐布拉佐夫操作大型電腦製作。

貝佐布拉佐夫不是在自己的精神內部指定魔法式的組成要素，改為在電腦控制台指定所有條件，以此為基礎組裝啟動式。他透過這種方式，建構出一般魔法師不可能建構的極複雜魔法式。

同樣的裝置——利用大型電腦的ＣＡＤ，在新蘇維埃科學協會極東總部也有設置。坦白說，電腦性能是安裝在極東總部的裝置比較好。不過那台裝置不具備利用「Igrok」的系統。貝佐布拉佐夫帶「亞瓦」過來，是判斷本次作戰需要「Igrok」的輔助。

藉由電流刺激，從強制入睡的「Igrok」——兩名安德烈耶夫納體內抽取想子。無菌艙內二十歲出頭的全裸女性，浸在和體溫調節成相同溫度的生理食鹽水，就這麼維持昏迷狀態，在氧氣罩下方露出痛苦表情。

不過艙殼沒有透明的部分，兩人又已經收容到「亞瓦」內部，所以沒人看得見她們的表情。貝佐布拉佐夫也不曉得。

即使看見她們痛苦的模樣，貝佐布拉佐夫與他的小組成員肯定也不為所動吧。

「亞瓦」的主體接受想子注入，立刻開始輸出啟動式。

貝佐布拉佐夫與兩名安德烈耶夫納同時讀取啟動式。

貝佐布拉佐夫是自願的，兩名「Igrok」是無視於意願被迫讀取。

「亞瓦」調整「Igrok」讀取啟動式的速度，統整三人輸出魔法式的時間。

包括貝佐布拉佐夫的三人建構魔法式完畢之後，戰略級魔法「水霧炸彈」自動發動。這部分連貝佐布拉佐夫都無法控制。

◇　◇　◇

「惡意」湧向自己與深雪。

達也緊急從沉眠的水底上浮到清醒的水面。

（水的分解——氫氧混合氣的生成與重新結合。）

鎖定兩人的這股惡意，達也一清醒就解讀其身分與魔法性質。

（是「水霧炸彈」！）

下個不停的小雨已經轉變成霧。

將雨珠切得更細，分割為霧的工序。

將霧氣化為水蒸氣的工序。

將水蒸氣分解為氫與氧的工序。

然後，將氫與氧同時結合——點火的工序。

達也如今真的認知到戰略級魔法「水霧炸彈」的性質。

他以近乎下意識的動作，拿起放在枕邊的手槍造型ＣＡＤ——銀鏃改造版「三尖戟」。他在就寢的時候，總是將愛用的ＣＡＤ準備在伸手可及的位置。

依照支援宗谷海峽戰鬥的經驗，達也早已擬定對策。

選擇的魔法不是「術式解散」，是「雲消霧散」。

事象改寫內容是水的分解。將水分子分解為氫與氧。

改寫對象是半徑五十公尺範圍內，在一秒以內結合氫與氧生成的水分子。

「水霧炸彈」發動。

「雲消霧散」發動。

兩種魔法進行相反的事象改寫造成相剋，雙方的魔法都出現破綻。

（還沒！）

敵方的攻擊還沒結束。

「水霧炸彈」的魔法式複寫魔法——「連鎖演算」沒有結束。

經過些許延遲，重新從天空落下的雨珠生成氫氧混合氣。

「請交給我！」

這個聲音傳到達也耳中時，深雪的魔法已經發動。

振動減速系概念擴張魔法「凍火（Freeze Flame）」。禁止對象領域內部熱量增加的魔法。阻礙「燃燒」這個現象的魔法。

「哥哥，趁現在！」

「知道了！」

現在，以別墅為中心，半徑一百公尺的空間內，即使生成氫氧混合氣也無法點火。

達也利用深雪爭取到的時間，以「眼」看向「水霧炸彈」的術士。

沿著鎖定他與深雪的「緣」，「視認」惡意的源頭。

達也「看見」了。

敵方的攻擊還沒結束。

「水霧炸彈」在深雪魔法所及範圍更外側的上空發動。

◇　◇　◇

即使「水霧炸彈」的第一、第二次攻擊被擋下，貝佐布拉佐夫也不顯慌張。

在宗谷海峽之戰累積經驗的人，不只是達也。

貝佐布拉佐夫推測當時阻撓自己的敵手可能是質能轉換魔法的戰略級魔法師，所以預先模擬對策，為下次遭遇相同對手時做準備。他剛才輸入「亞瓦」大型電腦的資料，就是基於當時戰術模擬所寫的「一整組」魔法式建構用資料。

敵方使用阻礙燃燒的魔法在他預料之外，不過發生的現象和相剋造成的定義破綻相同。氫氧混合氣被妨礙燃燒的現狀沒變。那就不必變更對策。

基於模擬內容設計的魔法波狀攻擊已經施放。

貝佐布拉佐夫坐在指揮者的椅子上，等待確定自己勝利的瞬間。

◇◇◇

達也「看見」打碎積雨雲製造的濃密水霧，在別墅兩百公尺上空結塊形成倒漏斗狀。

在深雪「凍火」的範圍之外。

製作成倒漏斗狀，是為了要產生蒙羅效應。

達也嘗試分解這個構造。

但是即使以他的分解魔法發動速度，也無法阻止已經進入最終階段的「水霧炸彈」。將水霧塑型為倒漏斗狀的魔法，達也需要堪稱一瞬的短暫時間解讀構造，但是來不及。

水霧分解為氫與氧。

氫氧混合氣不是同時，而是由外而內連續燃燒。

蒙羅效應使得衝擊波集中在一點。

焦點不在倒漏斗狀的開口處中心，是下方遠處的這座別墅。

衝擊波襲擊達也的頭頂。

達也反射性地將深雪摟到自己懷中保護。

◇　◇　◇

（贏了！）

三連波狀攻擊的最後一步棋。

用來拿下棋局的反覆攻擊順利發動，這股手感使得貝佐布拉佐夫確信獲勝。

覆蓋上空的積雨雲，被剛才魔法的次級效應吹走。在這個時間，新蘇聯沒有低軌道偵察衛星經過日本伊豆上空附近，但是半同步軌道上的衛星位於觀測得到的位置。貝佐布拉佐夫在瞄準階段就知道這一點。

貝佐布拉佐夫使用大型ＣＡＤ「亞瓦」搭載的通訊功能，連結到衛星的觀測資料。

「什麼？」

他不禁脫口發出驚愕的聲音。

手邊螢幕顯示的影像裡，目標別墅依然完好。

挨了「水霧炸彈」產生的集束衝擊波，木造住家不可能平安無事。

半天前以偵察衛星分析過的別墅構造，無疑是單純的木造建築。

雖然地下可能備有防空洞，但是地面房屋像那樣完整留下，只有一個可能性。

（是護壁魔法……？而且足以承受剛才的衝擊波？）

貝佐布拉佐夫沒有忽略護壁魔法的存在。

他預先計算過，即使司波達也與他的未婚妻架設護壁，也擋不住衝擊波。

貝佐布拉佐夫對集束衝擊波的威力就是抱持此等自信。

這種變化型的「水霧炸彈」，就是昔日隔著白令海峽和USNA爆發局地武力紛爭「The Arctic hidden war（北極的祕密戰爭）」時，埋葬STARS前任總隊長威廉・希利鄔斯的魔法。

（難道說，十文字克人加入防守嗎？）

十文字克人擁有強力的護壁魔法。貝佐布拉佐夫也知道這號人物。

貝佐布拉佐夫認為克人是可能完全擋下「水霧炸彈」的最棘手人物。

（不，沒收到這種情報。）

掠過腦海的疑念，貝佐布拉佐夫當成妄想而自我否定。這種需要注意的人物，情報部不可能沒掌握動向。

（可是既然這樣，會是誰……）

貝佐布拉佐夫陷入找不到解答的自問迷宮。

這個沒有意義的迷惘，使得他失去寶貴的時間——失去勝機。

◇　◇　◇

水波的一天很早開始。

她比司波家所有人都起得早。這是侍女的準則。

即使來到遠離自家的別墅也一樣。

雖然這麼說，不過凌晨五點這個時間，水波一般來說還在恍神。她絕對不是低血壓，卻也不是一起床就精神抖擻。

睡眼惺忪的水波意識之所以一下子就清醒，要多虧她的「勁敵」琵庫希。

『上面！保護主人！』

像是毫無防備的腦袋遭到重毆的衝擊。直接在腦中響起的哀號，水波直到操作CAD完畢，才認知到這是琵庫希的主動型心電感應。

水波為了隨時完成守護者的使命，CAD總是維持開機狀態放在手邊。現在已經換好衣服，所以放在圍裙口袋。

水波在意識到之前就拿起愛用的行動終端裝置型CAD，在指尖集中想子按下快捷鍵。

雙眼看向上方。為了盡量縮短魔法發動需要的時間，在啟動式定義座標為「視線前方沒有固體的空間」。

覆蓋在屋頂上方的圓頂形魔法護壁。水波內心形成這個想像。

防禦魔法追隨這個想像發動。

緊接著，衝擊波襲擊護壁。

達也的分解魔法來不及，水波的護壁魔法卻來得及，因為她的護壁魔法是自力完結。承受所有物理攻擊的魔法。

不過，這個籠統的定義對術士的魔法演算領域加重負擔。以魔法來說，限定防禦對象比較容易使用。

而且現在襲擊的衝擊波威力，差點可以打破水波的護壁。

如果以單層防壁來比較，水波的護壁匹敵克人的「連壁方陣」。

不過，她維持護壁的方法和「連壁方陣」不同。

十文字家的「防禦型連壁方陣」，完成的護壁基本上放置不管，只會指定持續時間，遭受到超過耐久力的攻擊就任憑毀壞。取而代之的是將現存護壁的毀壞徵兆設為發動條件，準備下一面護壁。零延遲連續製作並維持複數層護壁，這就是十文字家的防禦魔法。

相對的，水波──「櫻」系列的防壁是生成護壁阻擋物理攻擊，再持續使用魔法維持防護效果的兩階段術式。

既然是同種類的魔法，就不會因為重疊產生弊害。例如雷歐擅長的硬化魔法，即使在先前發動的魔法沒失效時就發動下一個硬化魔法，也不需要更強的事象干涉力。

水波的護壁魔法也一樣。

在相同領域持續使用護壁魔法。

水波以這種方式防止護壁被擊破。

不過，這意味著她毫不間斷持續發動這種負擔原本就沉重的萬用防禦魔法。

這是持續讓魔法演算領域負擔過重的行為。

（——不能輸！）

（不能被打敗！）

（深雪大人由我來保護！）

客觀來想，水波沒理由保護深雪到這種程度。

並沒有像達也受到親情之愛的驅使。

基因上是水波姨母的櫻井穗波，對深雪投注等同於家人的愛情，但這是和水波無關的往事。

護衛深雪只不過是四葉家女主人的命令。因為四葉家買下她們，就某方面說將她們這些調整體「櫻」系列收為奴隸。

水波和深雪一起住的期間，也只有一年多一點。

即使如此，水波依然忍受著魔法演算領域過熱的痛苦，維持護壁。

這是身為魔法師的骨氣？

是偏頗教育植入的扭曲價值觀？

是害怕被當成免洗工具？

不是這種膚淺或消極的動機。
不可能因為這種東西就燃燒自己的生命。

為什麼要保護？

即使這麼問，水波自己也答不出來吧。
就這麼連理由都不曉得。
不把理由當成必備條件。
水波成為深雪的盾，對抗戰略級魔法「水霧炸彈」。
貝佐布拉佐夫以魔法製造的氫氧混合氣燒光了。

衝擊波消失。

以時間來看，這一切發生在等同於一瞬的短暫期間。

但是這一瞬間，漫長到足以讓水波迎接極限的到來。

以手感得知攻擊停止之後，水波解除護壁魔法。

同時，意識逐漸遠離。

身體失去支撐力，癱軟倒地。

過度行使魔法造成的魔法演算領域過熱。

這就是昔日櫻井穗波喪命的原因。如今水波基於相同理由倒下昏迷。

◇◇◇

「到底……怎麼回事……」

深雪在達也懷裡愕然低語。

她也感受到「水霧炸彈」的發動與衝擊波的襲擊。

也知道自己的「凍火」無法防禦，知道達也轉守為攻的迎擊來不及。

她不認為自己會死。

因為無論傷得再重，達也肯定都會讓她康復。不，形容為「回復」比較正確。因為內心某處有這份依賴，所以有餘力害怕即將來臨的痛楚。

然而，肯定會到來的破壞沒有發生。

肯定會造成致命傷的劇痛沒有出現。

所有注意力集中在「達也的奇蹟」與「獲得奇蹟的自己」這兩件事的深雪，一時之間無法理解發生什麼事。

「深雪，『減速領域』！半徑三十公尺！」

「呃，是！」

「凍火」的效果已經消失。深雪不在意魔法重疊，發動達也命令的魔法。

「減速領域」。

將對象領域內部物體減速的魔法。

一般來說，這個魔法只能讓固體減速，但深雪的「減速領域」也能作用在氣體的分子運動。連爆炸造成的膨脹速度，也就是空氣分子的亂數提升的運動速度都抑制，使得衝擊波衰減，失去破壞力。

達也與深雪都錯了。

用來對抗「水霧炸彈」的魔法不是「凍火」，「減速領域」才是正確答案。

「琵庫希，水波拜託了！」

達也沒確認深雪發動魔法（這是因為信賴深雪的魔法技能），朝著虛空大喊。

『遵命，主人。』

琵庫希以心電感應回應。

達也沒有下達更多的指示。

現在最優先要做的，是阻止敵方進一步攻擊。

達也重新開始剛才中斷的瞄準。

右手握著大型手槍造型的特化型ＣＡＤ「三尖戟」，往頭上伸直。

「精靈之眼」看向「水霧炸彈」的生成源頭。

不是爆炸的源頭，是魔法的源頭。

使用魔法的魔法師。

（——不是貝佐布拉佐夫？）

達也抵達的終點，是兩名年輕女性的情報體。

極度扭曲又脆弱，恐怕是在損毀邊緣的調整體魔法師。

在表明參加狄俄涅計畫的記者會上現身的貝佐布拉佐夫，是將近五十歲的男性。

無法保證那是貝佐布拉佐夫本人。

但是，至少貝佐布拉佐夫確定是俄羅斯男性。

再怎麼樣都不可能是二十多歲的女性。

「精靈之眼」不會看錯。

也不像莉娜擅長的魔法「扮裝行列」，留下將情報體偽裝過的痕跡。

（新蘇聯暗藏的戰略級魔法師嗎？）

全球除了十三名國家公認戰略級魔法師，據說還有三十到四十名戰略級魔法師不為人知——被刻意隱藏起來。

不說別人，達也自己就是「不為人知的戰略級魔法師」。

不管這兩人是誰，她們確定是「水霧炸彈」的源頭。

「那麼，消除吧。」

隨著刻意說出口的這句話，達也發動了和愛用ＣＡＤ同名的三連分解魔法「三尖戟」。

消除妨礙他人魔法入侵的事象干涉力力場。

消除保護魔法師肉體的情報強化層。

將肉體分解為構成元素。

不是焚燒殆盡，是消失殆盡。

越過大約一千公里的距離，發動消除人類的魔法。

◇　◇　◇

大型CAD「亞瓦」控制面板上的警告燈劇烈閃爍。

貝佐布拉佐夫所坐的「指揮者」座位響起警報聲。

確認警告內容之後，貝佐布拉佐夫一陣愕然。

同時在內心說聲「得救了……！」鬆了口氣。

控制面板顯示的警告訊息是這麼說的。

封鎖兩名「Igrok」——安娜・安德烈耶夫納與維拉妮卡・安德烈耶夫納的密閉艙破裂。

如同童話描寫的非人類公主，兩名安德烈耶夫納在裝滿生理食鹽水的艙內化為泡沫消失。

人體氣化導致壓力上升到超過密封艙的耐久力，導致密封艙在「亞瓦」內部破裂。

貝佐布拉佐夫緊急逃離「亞瓦」。

因為密封艙破裂而受損的大型CAD需要修理。留在裡面也無法繼續攻擊。

然而更重要的是，在情報體次元隱藏貝佐布拉佐夫身分的替身消失之後，接下來可能是貝佐布拉佐夫自己被消除人體的超長程攻擊魔法鎖定為目標。

貝佐布拉佐夫害怕的是這一點。

「Igrok」是輔助貝佐布拉佐夫發動魔法的外部終端裝置，同時也是保護他的防火牆。貝佐布拉佐夫剛才是透過安娜・安德烈耶夫納與維拉妮卡・安德烈耶夫納施放魔法。

這道防壁消失了。

接下來對方鎖定的，是和已經消失的「Igrok」連接到同一台CAD的魔法師。對於熟悉魔法理論的人來說，這是不證自明的後續發展。

貝佐布拉佐夫光是逃離「亞瓦」還無法安心，甚至鑽出CAD車廂。

遠離鐵軌，目不轉睛注視著被一台大型CAD占據的列車車廂。

沒有後續攻擊。

貝佐布拉佐夫的內心沒有屈辱感。

不過，有著撿回一條命的安心感。

◇　◇　◇

達也在情報體次元觀測到兩名敵方魔法師消失，「水霧炸彈」所用的CAD也損毀之後，解除戰鬥態勢。

「深雪，可以了。」

「好的。那個，水波她……」

深雪也已經察覺了。

是水波的防禦魔法保護他們不受衝擊波的攻擊。

「一起來吧。」

達也甚至省下和深雪相視的時間，離開用為寢室的和室。

達也非同小可的態度，使得深雪也連忙跟著走。

然後……

看到水波倒在飯廳地板，深雪放聲哀號。

〔逃離篇〈下〉待續〕

後記

各位讀者，好久不見。

久違的《魔法科高中的劣等生》系列第二十四集〈逃離篇（上）〉如何呢？看得還愉快嗎？

至今也有分成上下集或上中下集的篇章（分集的篇章比較多），不過我覺得沒有其他篇章比這次的〈逃離篇〉上下集這麼密不可分。第二十三集〈孤立篇〉與這本二十四集在劇中的時間軸是無縫接軌，不過本集與接下來的第二十五集，在意義上真的是「連續的篇章」。

所以，接下來的第二十五集〈逃離篇（下）〉，我非常認真想以「盡我所能的速度」送到各位手中。後記在這集也是簡易版，劇情回顧我也想延到下一集。

那麼，由衷祈禱能在下一集〈逃離篇（下）〉再度見到各位。

（佐島 勤）

月界金融末世錄 1~3（完）

Kadokawa Fantastic Novels

作者：支倉凍砂　插畫：上月一式

即使世界末日降臨，
我們也絕對會精打細算到底！

為了揭發巨大企業阿法隆的違法行為，阿晴化身「月面英雄」度過忙碌的每一天，卻總忘不了羽賀那。而此時史無前例的房地產熱潮卻在月面都市炒得沸沸騰騰！阿晴為了實現踏上前人未至之地的夢想，並挽回羽賀那，勇敢挑戰一生一次的勝負！

各 **NT$420~500/HK$128~178**

青春豬頭少年不會夢到嬌憐外出妹

Kadokawa Fantastic Novels

作者：鴨志田 一　插畫：溝口ケージ

「我想讀哥哥上的高中。」
花楓下定決心，朝未來跨出一步！

咲太迎接高中二年級第三學期到來的這時候，長年熱愛看家的妹妹花楓說出沒對任何人透露過的祕密。咲太明知這是極為困難的選擇，還是溫柔地支持著花楓——「楓」託付的心意由「花楓」承接，朝未來跨出一步的青春豬頭少年系列第八彈！

各 **NT$220~260/HK$68~78**

國家圖書館出版品預行編目(CIP)資料

魔法科高中的劣等生. 24. 逃離篇. 上 / 佐島勤
作 ; 哈泥蛙譯. -- 初版. -- 臺北市 : 臺灣角川,
2019.01

面 ;　公分

譯自 : 魔法科高校の劣等生. 24, エスケープ編.
上

ISBN 978-957-564-671-4(平裝)

861.57　　　　107019775

Kadokawa
Fantastic
Novels

魔法科高中的劣等生 24
逃離篇(上)

(原著名：魔法科高校の劣等生24 エスケープ編<上>)

2019年1月19日 初版第1刷發行
2022年3月15日 初版第3刷發行

作者：佐島 勤
插畫：石田可奈
日版設計：BEE-PEE
譯者：哈泥蛙

發行人：岩崎剛人
總編輯：蔡佩芬
編輯：黎夢萍
美術設計：黃永漢
印務：李明修（主任）、張加恩（主任）、張凱棋
發行所：台灣角川股份有限公司
地址：104台北市中山區松江路223號3樓
電話：（02）2515-3000
傳真：（02）2515-0033
網址：www.kadokawa.com.tw
劃撥帳戶：台灣角川股份有限公司
劃撥帳號：19487412
法律顧問：有澤法律事務所
製版：巨茂科技印刷有限公司
ISBN：978-957-564-671-4